KB056971

고마운 마음

Cet ouvrage a bénéficié Du soutien des Programmes
d'aide à la publication de l'Institut français.
이 책은 프랑스 해외문화진흥원의 출판번역지원프로그램의
도움을 받아 출간되었습니다.

Les gratitudes
by Delphine de Vigan

고마운 마음

Les gratitudes

델핀 드 비강

Delphine de Vigan

레모

저는 종종 이런 질문을 해야 하는 상황과 마주치곤 했습니다. 내가 감사하고 고마워하는 마음을 표현했던가? 충분하게 감사하는 마음을 전했던가? 예의상으로, 관습적으로 우리는 '고맙다'는 말을 여러 번 하며 하루를 보냅니다. 그런데 어느 날 문득, 우리를 바로 설 수 있게 해주었던 이들에게 고마움을 표현하지 않았다는 사실을 깨닫게 됩니다. 그 사실을 깨달은 그 순간, 그분들은 세상에 존재하지 않기도 했지요.

이 책은 이런 질문에서 태어났습니다.

이 책의 이야기는 세 인물을 중심으로 이루어지며, 그 안에서 인간관계와 사랑, 그리고 인간애를 다루고 있습니다.

미쉬카는 프랑스의 대도시에서 흔하게 볼 수 있는 노인입니다. 가족도 없이, 홀로 나이 들어가고 있지요. 오랫동안 신문사에서 교정교열 업무를 담당한 터라 단어를 사랑하고, 단어를 아주 잘 알고 있지요. 그런데 그녀는 운명의 잔인한 아이러니처럼 실어증에 걸렸습니다. 그녀는 단어를 잃어버렸기에, 적절한 단어를 입 밖으로 내뱉지 못합니다. 발음상 유사한 단어들은 웃음을 자아내거나 혹은 공포를 전해서 낯설기만 합니다. 자기 안에서 언어가 빠져나가는 동안 미쉬카는 고마움을 전하지 않고는 죽을 수 없다고 깨닫습니다. 자신의 역사이자 인류의 역사를 이루게 해주었지만, 말로 표현할 수 없었던 고마움을 전하기 전에는요.

저는 또 다른 두 인물을 만들어 그녀 옆에 두었습니다. 미쉬카가 어린 시절 돌봐주었던 마리와 미쉬카의 실어증을 어떻게든 늦춰보려 하는 요양원의 젊은 언어치료사 제롬이 바로 그 둘입니다. 그들은 정성껏 그녀를 보살피고, 그녀와 대화를 나눕니다. 떠오르지 않고 헷갈리는 단어들 때문에 대화가 어긋나고, 처절하게 괴상한 표현법을 듣게 될지라도 말입니다.

애정, 연민 그리고 고마움이 뒤얽힌 관계는 다시 세 사람을 엮어줍니다.

고마운 마음이란, 타인에게 빚지고 있음을 받아들이는 것이고, 그 빚을 소중한 관계의 형태로 여기는 것입니다.

델핀 드 비강

차 례

우리는 웃고, 건배한다.

부상당하고 상처 입은 사람들이 열을 지어 스쳐간다.

우리는 그들에게 기억과 삶을 빚졌다.

왜냐하면 산다는 것은 삶의 매 순간이 암흑 같은 바다 위를 비추는 금빛임을 아는 것이기에, 고마움을 말할 줄 아는 것이기에.

프랑수아 쳉,『결국엔 왕국』

맞서는 말들

단념한 말들

따지고 드는 말들

그리고 독을 품은 말들

말들은 어디로 가나? [……]

우리를 만들고 파괴하는 말들

우리를 구원하는 말들

그 말들이 전부 도망칠 때

말들은 어디로 가나?

라 그랑드 소피°

○　La Grande Sophie. 프랑스 싱어송라이터로 델핀 드 비강과 절친한 사이이며 함께 낭독과 노래로 어우러진 콘서트를 열기도 했다. 라 그랑드 소피가 2019년 발표한 앨범 〈이 순간 Cet instant〉에 수록된 '말들은 어디로 가나? Où vont les mots?라는 곡 노랫말의 일부다.

마
리

하루에 몇 번이나 고맙다고 말하는지 한 번쯤 생각해본 적 있나요? 소금을 건네줘서 고마워요, 문을 잡아줘서 고마워요, 알려줘서 고마워요.

거스름돈 고마워요, 바게트 고마워요, 담배 한 갑 고마워요.

예의를 갖추고, 사회적 관습에 맞춰, 자동적이고, 기계적으로 말하는 고마워요. 거의 아무 의미도 없는.

때로는 그마저 잊곤 하는.

때로는 심하게 과장하는. 특히 네게 고마워. 전부 다 고마워요. 진심으로 고마워요.

정말 고마워요.

직업상 말하는 고마워요. 답변을 주셔서, 관심을 주셔서, 협조해주셔서 고마워요.

살면서 몇 번이나 진정으로 '고마워요'라고 말했는지 한 번쯤 생각해본 적 있나요? 마음에서 우러나온 고마움을. 감사와 사의 그리고 은혜를 말로 표현했는지.

누구에게?

책의 세계로 이끌어준 선생님에게? 언젠가 길에서 공격을 당했을 때 도와준 젊은 남자에게? 생명을 구해준 의사에게?

삶 그 자체에?

오늘, 내가 좋아했던 할머니가 돌아가셨다.

나는 이렇게 말하곤 했다. "할머니에게 엄청 많은 은혜를 입었어."

혹은 "아마 할머니가 아니었다면, 나는 이런 모습이 아니었을 거야."

이렇게도 말했다. "할머니는 내게 아주 중요한 분이셔."

중요하다, 은혜를 입다, 이런 말들로 고마움을 측정할 수 있을까?

그렇다면 나는 할머니에게 마음껏 고마움을 표현했을까?

고마운 마음을 충분하게 보였던가? 나는 정말로 가까이 있었나, 정말로 같이 있었나, 정말로 충실했나?

그래서 할머니의 마지막 몇 달을, 마지막 몇 시간을 생각해본다. 우리가 나눈 대화와 미소, 그리고 침묵을.

함께했던 순간들이 내게 밀려온다. 나머지는 사라졌다. 그러자 내가 놓친 순간들이 그려진다.

무언가 균형이 깨져버렸음을 알게 되고, 그래서 그때부터 우리에게 시간이 중요해졌던 그날을 떠올려보려 한다.

○

그 일은 갑작스럽게 일어났다. 하룻밤 사이에.

전조들이 없었다고 말할 순 없다. 가끔 미쉬카 할머니는 거실 한복판에서 어쩔 줄 몰라 하며 멈춰 서 있었다. 무슨 일을 시작해야 할지 모르는 사람처럼, 그렇게나 자주 반복했던 습관들이 갑자기 생각나지 않는 사람처럼. 또 어떤 때는 말을 하다가 멈추기도 했다. 말 그대로 보이지 않는 무언가에 부딪힌 사람 같았다. 할머니는 어떤 단어를 찾으려 하면, 다른 단어와 마주쳤다. 아니면, 아무 단어도 찾지 못하기도 했다. 빈 공간과 피해가야 하는 함정을 발견할 뿐. 어쨌든 이런 시절 내내 그녀는 자기 집에 혼자 살았다. 모든 걸 스스로 해결하며. 그리고 계속 책을 읽고, 텔레비전을 보고, 사람들을 초대하기도 했다.

그러다 아무런 예고도 없이 바로 그 가을날이 왔다.

그전에는 괜찮았다. 그 이후에는 더 이상 괜찮지 않았다.

나는 천장이 낮은 아파트에서 안락의자에 홀로 앉아 있는 그녀를 떠올린다. 그녀 뒤로 커튼이 드리워져 있지만, 작은 틈 사이로 오후 햇살이 들어온다. 벽에 칠한 페인트는 살짝 바래 있다. 가구들, 액자들, 선반 위의 골동품들까지, 그녀 주변의 모든 것이 먼 과거에서 온 듯하다.

그녀 이름은 미쉬카. 젊은 소녀 같은 분위기를 풍기는 할머니입니다. 아니면 젊은 소녀가 부주의로 고약한 저주에 걸려 할머니가 되었든지. 의자에서 미끄러질까 걱정하는 사람처럼, 그녀는 뼈마디가 굵은 긴 손으로 의자 팔걸이를 꼭 쥐고 있다.

갑자기 몇 번의 경보음이 침묵 속으로 파고든다. 미쉬카 할머니는 소스라치게 놀란 듯하다. 주변을 살피고, 마치 소리가 손목에 찬 이상하고 보기 싫은 팔찌에서 난다고 생각하는 듯 팔찌를 쳐다본다. 그 팔찌는 어쩔 수 없이 채워둘 수밖에 없었다.

그 순간 전화 상담사의 목소리가 방 안에 울린다.

"안녕하세요, 셸드 부인. 저는 상담사 뮤리엘입니다. 경보기를 누르셨죠?"

"맞아요……."

"넘어지셨어요?"

"아니, 아니에요."

"별로 안 좋으세요?"

"그리 나쁘지는 않아요."

"조금 더 얘기를 해주실 수 있으세요?"

"두려워요."

"어디 계신지 말씀해주실 수 있으세요, 셸드 부인?"

"거실에 있어요."

"다치셨나요?"

"아니에요, 그런데…… 잃어버리고 있어요."

"뭘 잃어버리셨다고요?"

미쉬카 할머니는 팔걸이를 손으로 더 힘껏 쥐었다. 바닥이 도망가는 게 아니라면, 자기 무게 때문에 의자가 흔들린다고 생각한다. 그녀는 대답하지 않는다.

"앉아 계세요?"

"네, 의자에 앉아 있어요. 그런데 이제 움직일 수가 없어요."

"못 일어나시겠어요?"

"네."

"언제부터 의자에 앉아 계셨던 거예요, 셀드 부인?"

"모르겠어요. 아마 아침부터요. 아침을 먹고, 변소처럼 가로 세로 낱말 풀이를 하려고 앉았어요. 그런데 답을 하나도 못 찾았어요. 그러고 나서…… 뭘 하고 싶었는데…… 자리에서 일어날 수가 없었어요……. 다 잃어버렸어요, 그래서 그런 거예요."

"무엇을 잃어버리셨어요, 셀드 부인?"

"모르겠어요. 그런데 느껴져요. 삐져나가는 게……. 빠져나가요."

"다리를 움직일 수 있으세요, 셸드 부인?"

"아니, 아니요, 못해요. 이제 못하겠어요. 끝이에요. 무서워요."

"정말 못 일어나시겠어요?"

"네."

"점심 식사하셨어요?"

"별로 생각이 없어요."

"그러니까 아침부터 의자에 앉아 계시고, 움직이지 않으셨단 말씀이죠?"

"그렇죠, 맞아요."

"제가 가지고 있는 친인척 목록에 있는 분에게 전화할게요. 동의하시죠?"

"네."

나는 미쉬카 할머니가 전화 상담사의 손가락이 자판 위에서 빠른 속도로 미끄러지는 소리를 들었으리라 확신한다.

"목록에 마리 샤피에 씨가 있는데, 전화할까요?"

"모르겠어요……."

"따님이세요?"

"아니요."

"그분에게 전화해도 될까요?"

"네, 그래주세요. 방어하고 싶지는 않다고 말해줘요. 그런데 제가 무엇인가를 잃어버리고 있어 어쩔 수 없다고요. 아주 중요한 건데."

전화 상담사의 목소리가 슈퍼마켓에서나 들리는 음악으로 바뀌었다. 미쉬카 할머니는 움직이지 않고, 정면을 응시한 채 내가 잘 알고 있는 과묵한 자세로 기다린다. 잠시 후 전화 상담사의 목소리가 들린다.

"셸드 부인, 전화 안 끊으셨죠?"

"네."

"마리 샤피에 씨가 곧장 부인에게 갈 겁니다. 20분에서 25분 정도면 도착할 거래요. 주치의에게도 알린다고 하네요."

"그냥요."

그녀는 '그냥요'를 '그래요'라고 말할 때와 똑같은 어조로 말했다.

"뭐가요?"

"네, 그냥요."

"저는 멀리 있지 않아요, 셸드 부인. 계속 제 일을 하겠지만, 안 좋으시면 팔찌에 있는 버튼을 다시 눌러주세요. 그러면 제가 전화를 받을 겁니다, 아시겠죠?"

"네, 그냥요. 고마워요."

미쉬카 할머니는 두 손을 팔걸이에 올려놓고 내내 앉아 있
다. 호흡을 가다듬어보려 한다.

그녀는 눈을 감는다.

잠시 후 그녀는 어린 소녀의 목소리를 듣는다.

할머니 집에서 자고 가도 될까요? 불을 켜두면 안 될까요? 거
기 계속 있을 거죠? 문을 열어두면 안 될까요? 내 옆에 있을 거죠?

그녀는 미소 짓는다. 어린 소녀의 목소리는 달콤하면서도
고통스러운 기억이다.

저랑 같이 아침 먹을까요? 할머니 무서우세요? 우리 학교가 어
디 있는지 아세요? 불 끄지 말아요, 네? 엄마가 못 가면, 저를 데려
다주실래요? 같이 가실래요?

나는 짧게 벨을 누른 후, 곧바로 열쇠를 집어넣었다.

거실로 들어가서, 그곳에 있는 그녀를 발견했다. 전기에 막
감전된 사람처럼 의자를 꼭 붙들고 있었다.

그녀에게 다가가 포옹했다. 헤어스프레이의 달콤한 향이
풍겼다. 그 향이 전하는 추억의 힘은 여전히, 오늘까지도, 그대
로 내게 남아 있다.

"미쉬카 할머니, 무슨 일 있어요?"

"모르겠어. 무서워."

"제가 일어나게 도와줄게요, 알겠죠?"

"아니, 아니야, 싫어."

"미쉬카 할머니, 제가 사흘 전에 왔었을 때는 지팡이를 짚고 잘 걸었잖아요. 분명히 일어날 수 있을 거예요."

할머니가 잡고 일어설 수 있게 팔을 건넸다. 할머니는 단숨에 일어서려 팔걸이를 꾹 짚었다. 자신도 놀라며 두 다리로 섰다. 조금 비틀거리긴 했지만, 성공적으로 선 자세를 유지했다.

"그거 봐요……."

"내가 거실에서 넘어졌던 얘기를 했었니?"

"네, 미쉬카 할머니, 얘기하셨어요."

"무리부터 넘어졌어!"

나는 지팡이를 내민 후, 그녀가 내 팔을 잡을 수 있게 옆쪽으로 자리를 옮겼다.

"자, 이제 가요!"

"조심해야 해……."

"배 많이 고프시겠어요."

우리는 부엌으로 이동했다. 그녀는 나를 붙잡고, 작은 보폭으로 앞으로 나갔다. 나는 그녀가 조금씩 자신감을 찾아간다는 느낌을 받았다.

"아주 나쁘진 않구나……."

하지만 바로 그날부터 미쉬카 할머니는 혼자 있을 수 없게 되었다.

○

특색 없는 방에서 미쉬카는 서류 더미가 한눈에 들어오는 책상 앞에 앉아 있다. 맞은편 검은색 커다란 가죽 의자에는 아무도 없다.

그녀는 마음을 추스르듯 노래를 흥얼거린다.

가련한 병사가 전쟁터에서 돌아오네,

아주 천천히.

가련한 병사가 전쟁터에서 돌아오네,

아주 천천히.

군장을 제대로 갖추지도 않고, 옷도 제대로 입지 못하고,

한쪽 발만 신발을 신고, 다른 발은 맨발로,

아주 천천히.

여인숙 주인을 찾으러 간다,

아주 천천히.

여인숙 주인을 찾으러 간다,

아주 천천히.

"여기 화이트와인 한 잔 줘요,

병사가 지나는 길에 마실 수 있게!"

아주 천천히°.

엄격한 분위기를 풍기며 한 여성이 방으로 들어온다. 거대한 서류 뭉치를 들고 와서 불쑥 책상 위에 팽개친다. 그녀는 웃음기 없는 얼굴로 미쉬카를 관찰한다. 짙게 칠한 그녀의 손톱이 몹시 길다. 안락의자에 앉더니 차갑게 미쉬카에게 말을 건다.

"자기소개를 할 수 있나요, 셸드 부인?"

미쉬카는 갑자기 겁을 집어먹는다.

"그러니까…… 제 이름은 미셸 셸드인데, 다들 미쉬카라고 부릅니다."

"좋아요. 결혼하셨나요?"

"아니요."

"자녀는 있나요?"

"아니요."

원장은 무거운 침묵을 그대로 둔다. 그녀는 상세한 설명을 기다리고 있다.

"저는…… 일 때문에 여행을 많이 다녔어요. 잡지에 실릴

○ '가련한 병사가 전쟁터에서 돌아오네Pauvre soldat revient de guerre'라는 제목의 프랑스 동요.

보도 사진을 찍었지요. 그리고 한참 지나서는 신문사에서 교정교열자로 일했어요. 기사들을 읽고 또 읽었죠. 하나도 놓치지 않았어요. 오식, 문맥상 오류 혹은 동사 변화를 틀린 것이나 동어 반복 같은……."

원장이 말을 끊는다.

"무슨 이유로 부인은 지금 있는 곳을 떠나려고 하죠?"

미쉬카는 질문을 이해하지 못한다. 그녀의 눈빛에서 불안한 기색이 감춰지지 않는다. 도움을 받을 만한 사람을 주변에서 찾아 보지만, 앞에 앉아 있는 원장을 제외하고는 없다. 미쉬카가 답을 하지 않고 뜸을 들이는 탓에, 원장은 안달이 나서 테이블을 손가락으로 두드린다. 포마이카를 입힌 테이블 위에서 원장의 손톱이 들릴 듯 말 듯한 마찰음을 만든다.

"실은…… 은퇴한 지 한참 되었다는 사실을 말씀드려야 할 것 같네요."

원장은 무슨 의미인지 알 수 없는 비웃음을 짓는다. 그러더니 보란 듯이 한숨을 내쉰다.

"다르게 질문해볼게요, 셀드 부인. 무슨 이유로 우리 시설에 관심을 갖게 되었죠?"

"아마도 제가 방을 잘못 들어왔나봐요……. 아니…… 사무실을요……. 여기를 거쳐야만 하는지 몰랐어요. 그러니까 이걸

해야 하는지 몰랐다고요."

원장은 자신의 화를 더는 감추지 않는다.

"셸드 부인, 부인은 요양병원에 자리를 얻기 위해 면접을 치르는 중이에요. (원장이 말을 할 때마다, 목소리는 점점 더 퉁명스러워진다.) 그러니까 제게 최선의 모습을 보여야 합니다. 신청자가 엄청나게 많으니까요. 제가 그걸 일일이 다 말씀드려야 하나요?"

"아니요, 아닙니다……. 당연히 아니죠. 알아들었어요. 그런데 저는 아무 준비도 못했어요, 면접을 꼭 치러야 하는지 몰랐어요."

원장이 격분한다.

"대체 무슨 생각인가요, 셸드 부인? 여기가 아무나 대충 받아주는 줄 아셨단 말인가요? 정말 꿈도 야무지시네요! 전부 다 받아줄 수는 없어요. 잘 아실 텐데요! 자리가 부족하다고요! 모두 공평해요! 부인이 뭘 할 생각이시든, 테스트를 거쳐야 해요. 면접을 보든지, 선발 시험을 치든지, 심사를 받거나 경쟁을 하거나 질문을 받아야만 한다고요! 학교, 직장, 대학, 어디든지, 셸드 부인, 그래요, 어디든지 전부 다 걸러내고, 선발하고, 뽑아야 한다고요! 우리도 어쩔 수가 없어요. 이로운 사람과 해로운 사람을 골라내야 해요, 요양병원도 마찬가지라고요! 그렇게 세상이 돌아가요. 제가 규정을 만든 건 아니지만, 저는 규정대로 해야 합니다!"

미쉬카는 충격을 받은 것 같다.

"여기 들어올 수 있는 자격이 있는지 보여주어야 한단 말이군요."

"바로 그겁니다. 부인의 장점이 뭐고, 제일 큰 약점은 뭔가요? 어떤 방향으로 개선해야 하는지, 그리고 개선 가능성이나 발전의 여지는 얼마나 되는지요?"

"저는 늙은이예요, 보시다시피."

"바로 그게 문제예요, 셸드 부인."

"그러니까 저는…… 더 이상 집에 있을 수가 없어요. 무서워요……. 무얼 잃어버려요……. 잃어버리는 일이 더 심해질까 겁나요."

여자는 한 번 더 한숨을 쉰다. 노골적이다.

"참 일을 어렵게 만드네요. 그럼 춤은 출 줄 아세요?"

"네, 조금요."

"한번 해보세요."

미쉬카는 자리에서 일어난다. 처음에는 머뭇거렸지만, 책상에서 비켜선다. 그러고 나서 어린 소녀의 몸짓으로 춤을 추기 시작한다. 그녀는 머리 위로 팔을 올려 꽃 모양을 만들고 스르르 돈다. 힘겹게 발끝으로 선다. 우아하다. 조금씩 그녀의 몸이 부드러워진다. 흐름을 타기 시작하더니, 차차 춤이 더 나아진다. 동작은 자유롭다. 그녀는 미소 짓는다.

이제 젊은 여인이라고 봐도 될 정도이다. 정확하고 절제된 동작이다. 그녀는 환하게 빛이 난다.

원장은 서류에 무언가를 메모한다. 그러고 나서 말 한마디 없이 자리에서 일어나 방을 나선다.

미쉬카는 동그란 조명 한가운데 홀로 남아 흥에 겨워 계속 춤을 춘다.

그러고 나서 어둠 속으로 들어가 사라진다.

미쉬카 할머니가 여러 번 얘기했던 꿈이다. 조금씩 차이는 있다. 기억이 조금씩 정확해지기 때문이기도 하고, 본인이 더 인상적이라 여긴 몇 가지 사항들을 덧붙이기 때문이기도 한데, 이는 우리 — 편할 때만 왔다 갔다 하는, 원기 왕성한 우리 — 가 자신을 휘감은 공포를 이해해주길 바라는 마음에서이다.

○

약속 날짜가 되었다. 미쉬카 할머니는 꿈에서 본 바로 그 장소에 앉아 있다. 다만 내가 옆에 있다.

우리 둘은 책상 앞에 앉아 원장을 기다린다. 미쉬카 할머니는 대단한 면접이라도 보는 듯 긴장해 있다.

"걱정 말아요, 미쉬카 할머니, 잘될 거예요. 그냥 서로 인사하는 시간이에요."

"면접을 치르지 않는 게 확실한 거지……. 정보들을 가지고…… 내가 가격이 있는지 보이지 않아도 되는 거지……. 여기 들어가려면?"

"절대 아니에요, 보면 아실 거예요."

나는 미쉬카 할머니를 보고 미소 짓는다. 얼굴의 긴장이 살짝 풀어진 듯하다. 긴장이 풀어진 틈을 타 그녀는 나를 관찰하더니, 과장해서 당혹감을 드러낸다.

"머리했니?"

"네, 미쉬카 할머니, 머리했어요."

한 여성이 사무실로 들어온다. 부드럽고 호의적인 그녀는 밝은 옷차림이다.

그 여성은 자기 앞에 서류를 내려놓는다.

그녀가 미쉬카 할머니에게 말을 건넨다.

"제가 제대로 이해한 게 맞는다면, 쎌드 부인, 몇 주 전까지
만 해도 혼자서 다 하실 수 있으셨다는 거죠?"

미쉬카 할머니는 신중하게 고개를 끄덕인다. 조심스럽다.

"그런데 이제는 절대 혼자 계실 수 없으신 거고요…… 부인
주치의 말로는 지난달에 여러 차례 넘어지셨더군요. 한 번은
짧게 입원 치료를 받으셔야 했고요. 현기증이 있다고 들었어
요. 그래서 집에서 움직이실 때, 현기증 때문에 힘들고 무서운
거겠죠."

미쉬카 할머니는 턱을 살짝 움직이며 시인한다. 원장은 계
속 서류를 살핀다.

"밖에는 나가시나요?"

"가끔 마리랑 나가요. 일주일에 한 번 정도요. 전에는 집에
서 베란다를 왔다 갔다 했어요. 그런데 지금은 그러질 못해요."

"베란다를 왔다 갔다 했다고요?"

"네, 죄수들처럼 이쪽 끝에서 저쪽 끝으로 걸었죠…… 열
번을 따라 걸었어요. 가끔 컨디션이 좋으면 스무 번도 더 했죠.
세로가 열 걸음, 가로는 두 걸음이니까, 더하면 열두 발짝, 한
번…… 계속해보세요."

원장은 미쉬카 할머니를 관찰한다. 할머니가 한 말에서 얼

마나 자신을 비하하고 있는지 따져본다. 그런데 그런 모습은 보이지 않는다. 미쉬카 할머니는 자랑스럽게 생각한다. 하루에 백이십 보를 걸으니, 적지 않다고 생각한다.

원장은 이번엔 교대하듯 나를 바라본다. 이제 내가 말할 차례다.

"제가 가면, 언제나 밖에서 산책하려고 해보는데요. 미쉬카 할머니가 점점 더 겁을 내세요. 몇 번 넘어지셔서 그렇겠지요. 그리고 주변을 지나가는 것이 전부 문제예요. 할머니에게는 너무 빨라요. 아이들도 그렇고, 바쁜 사람들도 있잖아요."

"집에서 모셔보려 했나요?"

"그럼요, 물론이죠. 그런데 문제는요, 밤낮으로 누군가 있어야 해요. 미쉬카 할머니는 이제 혼자 있을 수가 없어요. 절대요. 두려워해요."

미쉬카 할머니가 부연해서 설명한다.

"밤에는…… 악몽을 꿔요."

"저는 저희 집에 모실 수 있을 거라 생각했어요. 그런데 할머니가 제 말을 듣지 않아서요."

"안 되죠! 에스컬레이터도 없이 7층에서는, 게다가 마리가 나를 돌볼 이유가 전혀 없어요!"

원장은 내게 눈짓으로 묻는다. 그러나 나는 미쉬카 할머니를 바라보며, 할머니도 나를 바라봐주길 바란다. 나는 그녀의 희미한 두 눈이 천천히 높이를 맞춰, 내 표정을 읽어주길 기다린다.

"아니에요, 미쉬카 할머니. 아니라고요, 그럴 이유야 얼마든지 있어요."

"아니야, 그런 말 꺼리지도 마라. 늙은이들은 말이지, 부담이 많이 가. 괜찮아지질 않아. 어떻게 일이 수행될지 나는 아주 잘 알아. 내 말 들어라."

원장은 우리 둘을 주의 깊게 보더니, 내게 말한다.

"그러면 지금은 셸드 부인 집에 머무는 거군요?"

"네, 어쨌든 밤에는요. 낮에는 저를 대신할 누군가를 찾았어요. 제가 일을 할 때는요."

"자리가 나면 바로 연락드릴게요. 요양병원 입원을 권고하신 주치의와 연결되어 있으니 빠르게 처리될 수 있을 겁니다. 그런데 얼마나 걸릴지는 장담 못해요. 그게 그러니까…… 나가시는 분들에 달린 일이라서요."

원장은 자리에서 일어난다. 미쉬카 할머니는 나를 보며, 내 신호를 기다린다. 나는 그녀가 일어서서 지팡이를 짚을 수 있게 도와준다.

작은 보폭으로 우리는 방을 나선다.

○

그녀는 뒤쪽에 있는 아파트 문을 닫는다. 수백 번도 더 닫
았던 문이지만, 오늘이 마지막임을 그녀는 안다. 자신이 열쇠
를 자물쇠에 넣어 돌리고 싶어 한다. 다시 돌아올 수 없음을 안
다. 수백 번 더 반복했던 이 행동들을 더 이상 할 수 없으리라.
텔레비전을 켜고, 침대 커버를 말끔히 펴고, 프라이팬을 닦고,
블라인드를 내려 햇빛을 가리고, 목욕 가운을 욕실 옷걸이에
걸고, 오래전부터 모양새를 잃어버린 소파 쿠션들이 모양을
찾을 수 있게 두드리는 일들을. 가구들과 침대, 녹음기, 냄비들,
토스터는 남에게 주었다. 몇 권의 책과 사진첩들, 삼십여 통의
편지와 관공서에서 버리지 말라고 한 서류들만 남겼다. 그렇지
만 실제로는 자신이 닻줄을 풀어버렸다는 사실을 알고 있다.

○

미쉬카 할머니는 새로운 방을 갖게 되었다. 가구는 단출하다. 침대, 머리맡 탁자, 의자, 책상, 옷장. 포마이카, 플라스틱, 밝은색 나무. 부드러운 파스텔톤의 색깔. 좋은 품질의 규격품. 그녀가 하나뿐인 안락의자에 앉아 있는 동안, 나는 그녀의 짐 정리를 끝낸다. 그녀는 장식 없는 깨끗한 벽과 꽃무늬 커튼을 둘러본다. 그녀의 찌푸린 얼굴이 분명하게 보인다. 그녀는 침울한 기분이다.

"걱정 마세요, 벽을 꾸밀 수 있을 거예요. 벽에 그림 몇 점을 걸어요. 예쁜 녹색 식물도 하나 가져다 테이블 위에 놓고요."

"뭐 하러?"

"조금 더 아늑해 보이겠죠."

"그런다고 여기가 내 집이 되겠니!"

"그런 말씀 마세요, 미쉬카 할머니. 그렇다고 모양 빠지게 있을 필요는 하나도 없잖아요. 어쨌든 잠시 동안은 여기 머물 거니까요."

"그래, 그거야 보면 알겠지."

(요양병원에 온 결정을 두고 하는 말인지, 더 결정적인 떠남을 암시하는 말인지 모르겠다.) 몹시 기분이 나빠 보인다. 그러다가

갑자기 그녀의 눈이 밝아진다.

"가방에서 병 찾았니?"

"무슨 병요?"

"위스키."

"네, 네. 여기 있어요. 그런데 이건 정말 너무하시는 것 같은데요, 미쉬카 할머니. 여러 번 넘어지셨고, 이런저런 일도 당하셨는데…… 위스키를 정말 갖고 있고 싶으세요?"

"들어봐, 저녁에 아주 작은 잔에 아주 주금만 마실 거야. 그런다고 죽지 않아. 공장에 넣어주겠니, 그래줄래? 너무 높지도, 너무 낮지도 않은 곳에, 옷 뒤에 넣어줘. 부탁이야. 그러면 정말 좋겠어."

"허가해줄 거라고 생각하세요?"

"아닐지도 모르지. 그렇지만 장관없어. 무기도 아닌데."

나는 일부러 가방에 남겨두었던 병을 꺼내서, 그녀가 지시한 사항을 최대한 따라서 옷장에 정리한다.

"그렇게 높이는 안 돼! 저기, 바로 위. 셔터…… 스웨터 뒤에, 그래, 아주 좋아."

순식간에 그녀는 만족스러운 표정이다.

그녀가 요양병원 안내 책장을 넘겨보는 사이, 나는 옆에 있는 의자에 앉는다. 나는 그녀를 안다. 그녀는 불평할 거리를 찾을 터다.

"12시에 점심, 4시에 간식, 6시 반에 저녁…… 미치겠군, 이게 뭐야!"

나는 미소를 짓는다.

"어쨌든 다들 늙어 보이지, 그지? 너도 봤지? 휴게실에 있던 사람들 말이야, 그…… 바퀴 달린 의자에 앉아 있는. 어쨌든 다들 쭈그렁 할머니들이야."

"전 모르겠어요, 미쉬카 할머니. 분명 다들 크게 차이가 있을 거예요. 다들 다른 이유로 여기 있는 거잖아요, 할머니가 제일 늙은 축은 아니에요."

"그렇지. (그녀는 마음이 놓이는 것 같다.) 근데 어쨌든 좀 이상해. 무슨 말인지 알지?"

"잘 알 것 같아요, 미쉬카 할머니."

사실이 아니다. 나는 정말 모르겠다. 전혀 상상이 안 된다. 내 팔을 할머니의 팔 위에 올려놓는다. 할 말을, 할머니를 위로할 만한 말을 찾는다. '할머니들이 순해 보여요.' 혹은 '분명 친구들이 생길 거예요.' 혹은 '프로그램이 생각보다 많네요.' 그런데 이런 말들은 할머니처럼 살아온 여성에게는 치욕이다.

그래서 나는 아무 말도 하지 않는다.

나는 할머니 옆에 있는 것만으로도 행복하다.

할머니는 침대에 눕더니, 슬며시 잠이 든다.

몇 분이 지나 누군가 간식을 가지고 들어온다. 조그만 빨대가 달린 조그만 사과 주스, 그리고 조그만 비닐에 싸인 조그만 빵. 아이들 놀이방의 것과 똑같다.

이런 것들이 할머니를 기다리고 있어요, 미쉬카 할머니. 짧은 보폭, 깜박 졸기, 조그만 간식거리들, 짧은 외출들, 짧은 방문들.

작아지고 축소되었지만, 완벽하게 규정된 삶.

○

나는 더 자주 전화를 하려고 한다.

그런데 전화 통화가 훨씬 어렵다. 할머니는 잘 알아듣지 못하고 빠르게 말이 줄어든다. 그래서 대화는 줄어들고, 의례적이 되고, 내 마음과는 달리 공허해지기만 한다. 할머니 목소리가 갑자기 아주 멀게 느껴진다. 그렇게 하지 않으려고 해보지만, 제대로 되지 않는다. 결국엔 매번 아이에게 하듯 할머니에게 말을 하게 되고 만다. 그래서 나는 마음이 몹시 저리다. 할머니가 어떤 사람이었는지 알고 있어서. 할머니는 도리스 레싱, 실비아 플라스, 버지니아 울프의 책들을 읽었고, 《르몽드》를 구독했고, 비록 머리기사뿐일지라도 매일매일 그날 치 신문을 훑어보던 사람임을 알고 있기에.

그런데도 나는 이렇게 묻는다. 잘 잤어요? 잘 드셨어요? 잘 보냈어요? 조금 읽을 수 있겠어요? 텔레비전 보셨어요? 친구 사귀었어요? 내내 방에만 계셨어요? 영화 클럽에는 안 가셨어요?

그러면 조용히 좀 두라는 말 대신, 친구들이랑 어울려 술이나 마시러 가든지, 제대로 좀 놀아보라는 말 대신, 그녀는 내 질문 하나하나에 친절하게 답을 한다. 그녀는 열심히 할 말들을 찾는다.

전화를 끊으면, 나는 무력감에 사로잡혀, 잠자코 있는다.

제
롬

문을 여러 차례 두드렸지만, 그녀는 내 소리를 듣지 못했다.

그녀는 방에 혼자 있다.

무언가를 찾고 있다.

그녀는 여러 번 옷장을 열고, 책상 서랍들을 연다. 머리맡 탁자 위에 둔 잡지들을 들춰본다. 당황스러운 모양이다. 똑같은 행동을 반복한다. 옷장, 서랍들, 머리맡 탁자. 주변을 살핀다. 그녀는 뭔가를 찾는다.

갑자기 지팡이를 침대 위에 놓더니, 매트리스를 짚고 그 위에 무릎을 댄다. 아래쪽을 보려 한다. 힘들어 보이는 자세로 배를 깔고 엎드려 침대 아래쪽으로 고개를 숙인다.

바로 그녀가 이런 자세일 때, 나는 처음으로 그녀를 마주한다.

"안녕하세요, 셸드 부인, 제롬입니다. 언어치료사예요."

그녀는 침대 틀에 부딪칠 뻔한다. 몸을 세울 수 있게 도와주려고 그녀에게 다가간다.

"도와드릴게요."

그녀의 몸은 지금 대담하게도 반은 침대 아래쪽에, 반은 침대 바깥쪽으로 나가 있어서, 그렇게 단순한 일은 아니다.

"그냥 누워 계세요, 셸드 부인. 네, 그렇게요. 좋아요. 팔도 그렇게 두세요. 몸을 세울 수 있게 제 쪽으로 부인을 조금 끌어당기겠습니다. 움직이지 마세요…… 조심하세요, 조금 당깁니다. 자, 갑니다…… 조심하세요…… 고개 들지 마세요…… 조금 더 당길게요, 잘하셨어요, 끝났어요."

계속 누운 채로 그녀는 힘겹게 몸을 돌려서 나를 바라본다.

"아, 안녕하세요."

그녀는 마치 이 모든 일이 전혀 아무렇지 않다는 듯 악수를 한다. 리놀륨이 깔린 바닥에 누워 있는 그녀는 혼자서 몸을 일으킬 수 없고, 나는 그녀 옆에 쪼그리고 앉아 있다. 아주 짧은 시간 동안 그녀는 나를 꼼꼼하게 바라본다. 눈이 빠르게 움직인다.

　그녀를 도와 앉힌 다음 일어서게 한다. 시간이 조금 걸린다.
그녀는 조심스럽게 움직인다. 나도 마찬가지다.

　내게 지팡이를 달라는 신호를 보내서, 나는 그렇게 한다.

　그러고 나서 그녀는 약간 죄지은 사람처럼 내게 미소를 짓
는다.

　"미쉬카라고 불러줘요……."

　"기꺼이 그렇게 하죠."

　"이리로 오세요, '셸드 부인', 저리로 가세요, '셸드 부인', 이
름을 부르지 않는 사람들 사이에서 살아가는 건 슬픈 일이지
요."

　나는 그녀의 생생한 표현에 놀란다.

　"이해합니다. 미쉬카 할머니라고 부르겠습니다. 약속할게
요. 뭔가를 찾고 계셨어요?"

　"맞아요, 왜냐하면…… 제가 많이 잃어버리네요……. 참 빠
르게 사라져요. 거의 매순간 무언가를 잃어버리는 느낌이에요.
그런데 그걸 찾지는 못하고…… 그래서 겁이 나요. 얘기를 더
하고 싶지만…… 그게 안돼요, 무슨 말인지 알아요?"

　"서류에서 실어증 초기 증세로 힘들어하신다는 내용을 읽
었습니다. 의사 선생님이 분명 설명해주셨을 텐데요. 실어증은

단어를 떠올리는 데 어려움을 겪어요. 어떤 때는 단어가 전혀 떠오르지 않기도 하고요. 또 어떤 때는 다른 단어로 바꿔 말하죠. 어떤 순간이냐에 따라, 감정 상태나 피로도, 이런 것들에 따라서 다양한 증세가 나타나요."

"그렇군요. 그렇게 말한다면야, 뭐."

"혹시 찾으시던 것이 단어였어요, 미쉬카 할머니?"

"네, 구걸지도요."

"저는 언어치료사예요. 뭐 하는 사람인지 아시죠?"

"네, 알고 말고요. 저는 큰…… 잡채사에서 교정교열 일을 했죠. 여러 해 동안."

"멋있습니다. 우리 둘 다 잘할 수 있을 겁니다. 이따가 보시면 되겠지만. 연습도 하고, 수수께끼 같은 것도 풀고요."

그녀는 나를 관찰한다. 거북함을 느끼게 하지 않으면서 발에서 머리까지, 그리고 머리에서 발까지 속속들이 관찰한다. 즉석에서 자신의 일과표 속에 나를 넣을지 말지 결정하겠다는 듯이. 그러고 나서 그녀는 결론을 내린다. '그래요'와 완전히 똑같은 말투로 말한다.

"그냥요."

나는 웃음을 참을 수 없다. 그러자 그녀도 웃는다. 잠시 우리는 웃는 게 좋아서 웃는다.

그러고는 웃음기가 잦아든다.

"그게 어디서 하는 거죠?"

"뭐가요?"

"놀이요."

"부인 방에서 할 겁니다, 부인…… 아니 미쉬카 할머니. 매주 화요일과 목요일, 일주일에 한두 번 들를 거예요."

"아, 제 방 좋아요. 그렇게 해요."

잠시 그녀는 생각에 잠긴다.

"제가 악몽을 꾼다는 말을 했던가요?"

"아니요, 그 말씀은 안 했어요."

"선생님이 오실 때, 악몽 얘기를 해도 될까요?"

"네, 물론이죠. 그러면 내일 뵐까요? 내일이 화요일이니까요."

"그래요, 좋아요."

○

그들을 처음 만날 때마다, 나는 같은 이미지를 찾는데, 그것은 바로 그들의 이전 모습이다. 마치 질 나쁜 수성 펜으로 덧씌운 그림에서, 원래의 스케치를 찾으려고 하는 것처럼, 흐릿한 시선, 명확하지 못한 행동, 구부정하거나 아예 허리가 몹시 굽은 실루엣 뒤편에서 그들의 모습이었던 젊은 남자 혹은 젊은 여인의 모습을 나는 찾는다. 그들을 관찰하고 나면, 혼잣말이 나온다. 그녀도, 그도 사랑했었겠지, 소리도 지르고, 즐기기도 하고, 물속에 들어가기도 했을 거고, 숨이 헐떡일 정도로 달리고, 계단 몇 개를 급히 올라가거나, 밤새 춤도 추었겠지. 그녀도, 그도 기차나 지하철을 탔을 테고, 시골길을 거닐거나, 산을 오르고, 포도주를 마시고, 늦잠을 자고, 끝도 없는 논쟁을 벌였겠지. 그런 생각이 나를 뒤흔든다. 나는 그런 이미지를 추적하고, 그 이미지를 복원하는 일을 멈출 수 없다.

그들이 겪게 될 유감스러운 사건들 — 그저 순전히 이론적이기만 했던 — 을 조금도 상상하지 못하고 카메라 렌즈에 시선을 고정했던 시절, 똑바로 설 수 있어 지지할 것이 필요 없던 시절에 찍은 그들의 사진을 보는 일이 좋다. **한창이던 시절 그들의 모습을 찾아내는 것을 좋아한다.** 그런데 언제가 한창일까? 스물? 서른? 마흔?

때로는 내 앞에 앉아 있는 사람을 사진 속 젊은 여인이나 젊은 남자와 연결시킬 수 없다. 분별력을 전부 동원해 아무리 신중하게 살펴봐도, 그 무엇으로도 이 두 육체를 연결시킬 수 없어 보인다. 젊은 시절의 가볍고 도도한 몸과 요양병원에서 일그러지고 쪼그라든 몸을.

나는 관심 있게 사진을 보고 말한다. "예전과 거의 그대로 네요, 에르몽 부인!" 혹은 "정말 멋지셨네요, 테르디앙 씨!"

일을 시작한 지 얼마 되지 않았을 때만 해도 내 머릿속에서는 이런 목소리가 아우성쳤다. '아니, 대체 무슨 일이 있었을까? 이런 일이 어떻게 가능하지? 정말 우리 모두를 기다리는 게 이런 걸까? 한 명도 예외 없이? 재앙을 피할 수 있는 우회로나 갈림길, 혹은 샛길 같은 것이 없을까?'

처음에는 다양한 사람들을 위해 일했다. 아이들이나 어른들, 노인들. 그러다 차츰 내 일과의 주 업무가 요양병원에 집중되었다. 이것이 결정이나 선택이었다고 말할 수는 없다. 그냥 그렇게 되었다. 그게 다. 말하자면 상황적으로 맞아 떨어졌다. 일종의 천직이라 생각한다. 이제는 일과가 여러 요양병원을 오가는 일로 채워졌으며, 내 담당 구역도 있다.

괜찮다. 내가 있어야 하는 곳이 바로 여기다.

나는 그들이 결사적으로 싸울 때, 그런 그들을 바라보는 것이 좋다.

나는 그들의 더듬거리고, 떨리고, 망설이는 목소리가 좋다.

나는 그 목소리들을 녹음한다, 그렇다, 정말이다. 전부는 아니지만. 어쨌든 부분적으로 녹음한다. 첫 만남부터. 내겐 매우 작은 디지털 녹음기가 있는데, 그 안에 십여 개의 파일들이 들어 있고, 그것들은 폴더별로 구분되어 있다.

나는 마지막까지 그들의 목소리를 녹음한다. 접근 방식과 실행 방식을 개선하기 위해서다. 그런데 단지 그것 때문만은 아니다.

나는 그들 목소리의 떨림을 정말 좋아한다. 그 허약함. 그 온화함. 그들의 뒤바뀐 말들, 막연한 말들, 방황하는 말들, 그리고 침묵을 정말 좋아한다.

그래서 나는 전부 보관한다. 그들이 세상을 뜨고 나서도.

셸드 부인의 경우, 나는 오회 차인가 육회 차부터 녹음했다. 그리고 전부 보관하고 있다.

○

그녀의 방으로 들어간다. 그녀는 피곤해 보이고, 나는 그녀가 협조를 잘 해줄 기분이 아님을 곧바로 알아챈다. 어쨌든 그녀는 자리에서 일어나서는 슬그머니 머리를 매만진다. 내게 미소를 지어보려고 노력한다. 할머니들이 치장하는 모습을 보면 마음이 복잡하다.

나는 펜, 노트, 사진첩을 꺼내 책상 위에 놓는다.

"좀 어떠세요, 미쉬카 할머니?"

"좋아요……."

"조금 좋은 것 같아요, 아닌가요?"

"조금 힘들었어요. 적용…… 적중하는데……."

"적응하시는 데요?"

"네, 그거예요."

"당연하죠. 자리 잡으려면 몇 주가 걸릴 거예요. 여기 오신 지 얼마 안 됐으니까요. 오늘 함께하려고 자료를 좀 갖고 왔어요. 괜찮으시죠?"

그녀는 경계하는 눈으로 나를 유심히 살핀다.

"그게 뭐예요?"

"연습 문제예요. 연로한 분들을 위해 특별히 제작되었어요."

"왜 '연로한 분들'이라고 말해요? '노인들'이라고 말해도 될 텐데. '노인들' 좋잖아요. 자긍심을 가질 만하잖아요. 선생님은 '젊은이들'이라고 말하죠? '젊은 분들'이라고 말 안 하잖아요?"

"맞는 말씀이세요. 단어를 중요하게 생각하시는 분이시네요, 미쉬카 할머니, 그 점이 마음에 드는걸요. 같이 한번 해볼까요?"

"그것보다는 혹시 담배 한 개비 없나요?"

"담배 태우세요?"

"아니, 전혀. 끊었어요. 그러니까⋯⋯ 오래전에, 그런데 솔직히 이런 성황을 생각하면 담배 한 대가 아주 중요할 것 같지 않나요."

"건물 전체에서 금연입니다, 셸드 부인, 그리고 아주 이성적이지 않은 판단이에요. 어쨌든 저도 담배를 안 피우고요."

그녀는 실망스러운 표정을 짓는다.

그녀는 입을 다물고 나를 빤히 바라본다. 침묵에도 당황하지 않는다. 내 옷차림을 하나하나 뜯어본다. 시계, 신발, 헤어스타일.

"좋아요, 이제 해볼까요, 미쉬카 할머니. 제가 질문을 하나 할게요. 그리고 사진 네 개를 보여줄 겁니다. 그중에서 정답을 고르시면 돼요. 그다음에는 그 물건의 이름을 정확한 단어로 말씀하시면 됩니다."

그녀는 주의 깊게 내 얘기를 듣는다. 나는 말을 하며 몸짓을 한다.

"첫 번째 문제는 시험 삼아 한번 풀어보세요. 시멘트를 바를 때 사용하는 도구는 뭘까요?"

나는 그녀 앞에 사진 네 장 — 흙손, 삽, 전지용 가위, 갈퀴 — 을 내려놓는다. 그녀는 몹시 당황스럽다는 얼굴로 그것들을 관찰한다.

"아주 재수있지는 않네요."

"아주 재미있는 예는 아니지요, 맞는 말씀이세요."

"그냥 같이 얘기하는 게 더 좋아요."

"좋아요, 조금 이야기를 나누고, 그다음에 몇 가지를 더 해봐요."

"내 방에 오는 부인이 있어요."

"여기서요?"

"네. 밤에 여러 번 왔어요. 예고도 없이, 그렇게 들어와서는 남자를 찾는다고 말해요. 그 사람 때문에 무서워요."

"여기 계신 분인가요?"

"네. 어쨌든…… 어제 일이 벌어졌어요. 어제 저녁 식사 후에 그 사람이 왔어요. 늘 똑같은 시간에 와요. 저한테 남자가 어디 있냐고 묻더군요. 그래서 저는…… 아주…… 단순하게 그녀가 알아들을 수 있게 말했지요. '몰라요, 부인. 당신이 찾는 남자가 어디 있는지 몰라요. 그런데 부인 때문에 우습다고 분명하게 경보해야겠어요.' 저는 잘 보지는 않지만, 텔레비전을 켰어요. 좋아하는…… 아…… 아나운서가 나와서요, 치아가 아주 재하얀 사람이요, 생긴 게 꽤 뻔뻔한데, 아시겠어요? 뉴스 들려주는 사람 말이에요. 그런데 그 남자 목소리를 듣자마자 그녀가 울분을 토했어요. 상상도 못할 거예요! 갑자기 내게 시비를 걸더라고요. 그러더니 소리를 지르기 시작했어요. '저기 있네, 내가 찾는 남자가!' 제가 자기 남자를 훔쳐서 텔레비전에 넣어두기라도 한 것처럼요! 곧바로 텔레비전을 그…… 리…… 리무진으로 껐다는 말을 해야죠. '탁' 소리를 내며, 그녀가 가길 바라며 꺼버렸어요. 그게 통했어요. 어쨌든 이제는 텔레비전을 다시 켤 수 없어요. 그 부인이 또 올까 겁나서요. 무슨 말인지…… 아시죠."

"요양보호사들에게 말해야겠어요. 그래야 그들이 그 부인을 만나보겠죠. 분명 정신이 성치 않은 분일 거예요. 그렇게 해야 할머니 방에 더 이상 불쑥 들어오지 못하게 하겠죠."

잠시 그녀는 조용히 있다. 그러고 나서 내 눈을 똑바로 쳐다본다.

"좋아지지는 않겠죠, 그렇죠?"

"대체 뭐가요?"

"전부 다요. 이렇게 전속력으로 가버리고 사라지는 것들 모두요. 좋아지지는 않겠죠?"

"미쉬카 할머니, 동의하시면, 좋아질 수 있게 둘이서 같이 연습을 할 거예요."

"그런데…… 그게 정말이에요?"

나는 잠시 머뭇거리다 답을 했다.

"늦출 수는 있지만, 멈출 수는 없어요."

○

요양원 방에 있는 가구들이 옮겨져 안쪽 벽이 훤하게 드러 나 있다.

미쉬카는 방 한가운데서 달리다 멈춘 사람처럼 이상한 자 세로 꼼짝 않고 있다.

어린 소녀의 목소리가 침묵을 찢는다.

"무궁화……"

미쉬카는 곧바로 움직이기 시작하더니 텅 빈 벽을 향해 나 아간다.

"꽃이…… 피었습니다!"

미쉬카는 갑자기 멈춰 선다. 무언가를 하다가 만 자세를 힘 겹게 유지한다. 그러고 나서 어린 소녀의 목소리가 다시 들린 다.

"무궁화……"

그녀는 다시 몇 발을 움직인다.

"……꽃이 ……피었습니다!"

미쉬카는 갑자기 멈춰 선다. 이번에는 불편한 자세다. 몸이 사방으로 흔들려서 몸을 움직이지 않을 수 없다.

아이의 목소리에는 기쁨이 가득 차 있다.

"움직였어! 움직였어! 처음부터 다시 시작해!"

미쉬카는 출발점으로 되돌아간다. 그녀는 발을 약간 절뚝거린다. 반대쪽 벽에 등을 대고 선다.

그런데 아이의 목소리 때문에 그녀는 쉴 수가 없다.

"시작해요! 무궁화…… 꽃이…… 피었습니다!"

이번에 미쉬카는 앞으로 나가지 않았다.

"그런데 내 지팡이 어디 있지요? 지금 상태에서는 그게 필요한지도 잘 모르겠네요. 이해하시죠? 기분이 좋네요. 단어들도 예전처럼 제자리에 있어요. 단어들을 찾을 필요도 없어요, 선택할 필요도, 소중히 할 필요도 없어요. 말들은 이렇게 대뜸 자연스럽게 떠올라요. 말들을 어를 필요도 없고, 말들을 읊을 필요도 없이, 말들을 어루만질 필요도 없이, 그럴 필요 없어요, 이걸 봐요, 말들은 아주 자유롭게 오고 가요, 정말 멋지네요. 저는 꿈속에 있어요, 저도 알아요. 이번엔 악몽이 아니네요, 잘 보세요, 이 색깔들과 사물의 형태를 보세요, 그러면 곧바로 악몽이 아님을 알게 돼요. 제가 그걸 말해야만 하겠죠, 네 맞아요, 말들이 모두 하나같이 제자리에 있는 꿈을 꾸었다는 얘기를 해줄게요. 선생님 카드도, 사진들도, 목록도 필요 없었어요. 모든 게 이전처럼 단순했어요. 그래서 정말 즐겁고, 달콤했지요, 아시죠, 저는 엄청 피곤했어요, 매번 찾고, 찾고, 또 찾고,

진력나는 일이죠, 피곤하고, 정말 녹초가 되죠, 저는 다른 게 필요 없어요, 정말요, 아무것도 필요 없어요. 당빌 부인이 제게 초콜릿을 가져다주었어요. 아주 오래전, 마리가 어렸을 때, 우리 건물 수위였어요. 제가 당빌 부인 얘기를 했던가요? 정말 친절한 사람이에요, 초콜릿도 맛있고요. 그러니 선생님, 저는 다른 것은 필요 없어요, 만약 말들이 이렇게 돌아온다면, 괜찮을 거예요, 정말 좋아질 거예요. 그러면 나머지는 상관없을 거예요, 그 여인네가 거의 매일 차를 몰고 나가는 꼴을 본다고 해도요, 자기를 누구라고 생각하는 건지, 차를 갖고 얼마나 으스대던지요, 그것도 거의 매일 그런다니까요, 요양병원에 있는 사람이에요, 그러니까 거의 매일같이 시내를 한 바퀴 드라이브하는 거죠, 자기가 무슨 그레이스 켈리라고 생각하는지, 머리에 작은 머플러를 두르고서, 정말 그래요, 그냥 자기 집에서 지내는 것 같다니까요. 그렇게 혼자서 다 할 수 있는데, 왜 여기에 있는 걸까요? 그래요, 그래서 저는 성질이 나요, 하지만 그 사람도 상관없어요, 말들이 돌아왔으니까요, 그러니 연습할 필요도 없어요. 그래도 어쨌든 저를 보러는 계속 와주세요, 이렇게 가끔 얘기나 하게요, 아니면 정말 아쉽겠지요, 선생님은 잘생겼으니까요, 저는 남자들이 귀걸이 한 걸 좋아하지 않는데, 선생님은 다르네요, 특히 작은 검정 보석을 달고 있을 때면요, 아주 작은 것이 정말 귀엽네요."

어린 소녀의 목소리가 이어진다.

"무궁화…… 꽃이…… 피었습니다!"

미쉬카는 반대편으로 돌진한다, 한 번 튀어 올라, 벽을 손으로 쳤다.

그녀는 미소 짓는다.

"확실해요, 이건 꿈이에요! 내일 꿈 얘기를 해줄게요, 재미있을 거예요, 이런 꿈이라면."

○

나는 노크를 한 후 방으로 들어선다.

침대 위에 누워 있는 그녀를 발견한다. 일상적인 모습이 아니다. 그녀는 졸고 있을 때 놀라게 하면 싫어한다. 그녀는 일어나자마자 곧바로, 옆에 두었던 책을 눈으로 찾는다.

"안녕하세요, 미쉬카 할머니, 어떠세요?"

"괜찮아요……."

"피곤하세요?"

"조금요."

"마리가 할머니를 뵈러 왔나요?"

"네, 어제 왔었어요. 마리를 알아요?"

"자주 얘기하셨잖아요. 그런데 아직 만나지는 못했어요. 마리는 주말에 주로 오고, 저는 주중에만 여기 오잖아요."

"아 맞아요, 그렇죠, 그래. 맞아요."

"잠시 그냥 계세요, 책상에 자료들을 준비해놓을게요."

"아…… 정말요?"

"네, 정말요. 일어나기 싫으세요?"

"아니, 아니에요……. 그런데…… 그 연습 말이에요, 참 빈곤하게 해요."

나는 그녀를 도와 침대에서 내려오게 한 후, 팔을 건네서 의자가 있는 곳까지 모시고 간다. 그녀는 천천히 걷는다. 그래서 시작을 늦추려고 걸음을 늦춘다는 의심이 든다.

"이제 텔레비전을 보실 수 있어요, 미쉬카 할머니?"

"많이 그렇게는 아니에요."

"왜요?"

"어쨌든, 이젠 소용없어요. 다들 말을 너무 빨리해요. 영상이 있어도, 대개 너무 빨라요. 저는 여기저기 날아다니는 사람이 나오는 프로를 아주 좋아했어요, 등에 가방을 메고, 세계 곳곳을 돌아다니며 사람들 집에서 자는 젊고 건장한 남자 아세요? 아주 재미있어요. 우연히 그곳 도주자들을 만나죠. 그리고 그들 집에서 자요, 짐낭을 가지고 다니면서요, 아세요? 제가 아주 좋아했어요, 그런데 그 방송을 찾을 수가 없어요. 선생님은 텔레비전을 보나요?"

"잘 안 봐요, 미쉬카 할머니. 좋아하는 방송이 있긴 하지만, 시간이 없어서요. 올해 환자가 엄청 많아요. 게다가 공부를 다시 시작했어요."

갑자기 그녀가 몹시 관심을 드러낸다.

"아, 그래요? 대체 뭔데요?"

"전공을 살려서 학위 논문을 쓰려고요."

"어떤 분야요?"

"〈신경심리학에서 재활〉요."

"아…… 번잡하군."

"그렇긴 하죠, 그렇지만 아주 흥미로워요."

"그런데 잘 안 되잖아요."

"아니요, 아닙니다, 괜찮아요. 끝낼 수 있어요."

"아니, 선생님 말고요. 그…… 회복이요."

"그렇지 않아요. 미쉬카 할머니, 두고 보세요. 많이 좋아질
수 있어요. 그건 그렇고 마침 잘됐어요. 제가 여행에 대해 준비
했거든요. 해보실래요?"

그녀는 겁에 질린 표정으로 내게 저항한다.

의자에 앉는 대신, 안락의자에 털썩 주저앉는다.

"지팡이를 내 옆에 가까이 놓아줄 수 있어요? 필요할 때 내
가…… 대망…… 할 수 있게, 사람 일 모르잖아요."

"도망친다고요? 왜 도망치고 싶어요?"

"열람이 작동하면요. 지난번에 그런 일이 있었어요. 선생님
은 그날 없었나요? 점심을 먹고 우리는 바에 있었어요. 5층에
있는 사람들만 빼고 거의 다요. 그런데 레지스탕스 대부분이
바닐라 선크림을 다 먹고 있던 찰나에, 갑자기 열람이 소리내
기 시작하는 거예요……. 엄청 컸죠!"

"알람이요?"

"네, 맞아요! 그 소리만 들으면 매서워요! 그래서 지팡이를 내 옆에 두는 게 편해요, 무슨 일이 일어나든…… 그런데 선생님은?"

무슨 생각으로 한 질문인지 헤아려보려는데, 그녀가 구체적으로 묻는다.

"선생님은 몇 살이에요?"

"서른다섯요."

"아, 좋은 나이네요."

잠시 그녀는 서른다섯이라는 나이를 따져보는 것 같다. 서른다섯 살에는 할 수 있지만 이제 그녀가 할 수 없는 일들을 전부 목록으로 작성 중이라는 생각이 스친다.

"그런데 늙은이들을 좋아해요?"

"그러니까, 말하자면…… 저는…… 저는 노인들과 일하는 걸 좋아해요, 맞아요. 그러니까…… 저한테는 아주 흥미로운 일이죠."

"그렇군요. 이장하네요……. 정말로. 아직은 우리가 할 말이 남아서요?"

"네, 바로 그 점이에요, 저는 노인들이 말을 하게…… 해야 할 말을 전부 할 수 있게 돕고 싶어요. 그리고 아주 흥미로운 경우도 종종 있고요."

"아, 그런 거라면, 좋네요……. 그런데 선생님 부모님은 나이 들었나요?"

"어머니는 몇 년 전에 돌아가셨어요. 따져보니까, 늙기 전이네요."

"그거 참 잘되었네요."

"그렇죠, 그렇게 말하신다면…… 분명 좋은 점이 있겠지만, 안 좋은 점도 꽤 있어요. 저는 조금 더 시간이 있었으면 했어요."

"전부 다 말하지 못했어요?"

이미 이런 점을 눈치챘다. 노인들의 신랄한 통찰력. 아픈 곳을 정확하게 찌르는 그들이 가끔 보여주는 방식.

"네, 미쉬카 할머니. 전부 다 말하지 못했어요. 보여주고 싶었지만, 전부 다 말하지 못했어요."

"아…… 그거 둔감하네요……. 난감하네요, 그런 문제는."

"네. 그렇죠. 그러면 이제 조금 해볼까요?"

"그냥요."

"지난번에 우리가 한 것 기억나세요?"

"기억나요."

"거의 똑같은 방식이에요. 이번에는 제가 여러 단어를 드릴 거예요. 그러면 그 단어들을 총칭하는 단어를 찾으시면 됩니다. 예를 들어, 불교, 기독교, 가톨릭…… 이 단어들을 모아주는 말이……."

"그런데 아버지는요?"

나는 마음대로 휘두를 수 있을 조커 카드를 사용하고 싶었다. 그게 아니라면 못 알아들은 척하고 싶었다. 하지만, 미쉬카 할머니는 속아 넘어갈 사람이 아니다.

"이젠 안 봐요."

"그래요? 왜요?"

"설명하자면 길 것 같아요."

"오, 저는 시간이 많은데요."

"그렇죠, 그런데 우리는 연습을 해야 해요, 미쉬카 할머니."

"아버지는 살아 계세요?"

"네."

"늙었나요?"

"네, 그렇겠죠."

"아버지가 늙은 모습을 보지 않았나요?"

"안 봤어요."

"아, 그렇군요."

"뭐가 그래요?"

"그래서 선생님이 늙은이들을 좋아하시는구나."

"그런 생각 안 했어요, 뭐, 어쩌면⋯⋯."

"어쨌든 좋아요, 아버지에게 꼭 말하세요."

"뭘 말해요?"

"전부. 후진하는⋯⋯ 후회하는 것을 모두, 나중에, 사람들이 죽고 나서, 휴⋯⋯ 그런 거죠, 아시겠어요? 그렇게 돼요, 알잖아요. 다 가슴속에 담에 두고 살 수 없어요. 나중에는 악당이⋯⋯ 아니 악몽이 돼요, 아시죠."

"네, 네, 잘 알아요, 보면 알겠죠, 자⋯⋯ 그럼 다시 해요. 새로운 네 단어를 말씀드릴게요. 쓴, 신, 짠, 달콤한⋯⋯."

"맛?"

"잘하시네요. 하나 더⋯⋯."

"그런데, 정말 아쉬울 것 같아요⋯⋯."

"대체 뭐가요?"

"당빌 부인이 준 과일 젤리가 이제 달랑 하나밖에 안 남았네요."

"초콜릿을 더 좋아하지 않으세요?"

"네, 두 번째로 좋아하죠. 과일 젤리가 첫 번째. 아버지가 상처를 줬어요?"

나는 한숨을 내뱉지 않을 수 없다.

"네, 미쉬카 할머니."

"아…… 어수선…… 어려운 일이네요."

내가 그녀에게 시키는 연습에 대해 말하는지, 내 상황에 대해 말하는지 모르겠다. 그녀는 마치 그 자리에서 내가 전부 고백하기를 기다리는 사람처럼 나를 바라본다.

"가서 만나봐야 해요."

"대체 뭘요?"

"아버지가 잘 지내시는지."

"잘 지내세요. 제가 알기로는요."

"오래전이에요?"

"네, 아주 오래전이에요."

"너무하네요. 어쨌든 알아야만 해요. 그게 고정될 수…… 고쳐질 수 있다면."

"아니에요, 아니에요, 미쉬카 할머니, 고쳐지지 않아요."

"그렇게 심각해요?"

"고통스러워요."

"아…… 어쨌든…… 어쩌면 꼭 해야……."

그녀가 나를 관찰한다. 무슨 생각을 하는지 모르겠다.

"자, 미쉬카 할머니, 이젠 해야 해요! 잘 들어보세요. 골동품상, 음반상, 서적상, 고급가구상…… 이 단어들을 총칭하는 말은 뭘까요?"

"사라짐?"

마
리

몇 주 전부터 그녀는 앉아만 있다. 아무것
도 읽지 않고, 텔레비전을 보지도 않고 그렇게 방 안에만 있다.
그녀는 반쯤 졸고 있다.

나는 문을 노크하고 들어오라는 신호를 기다린다.

"너니?"

"네, 미쉬카 할머니, 저예요. 어떠세요?"

"괜찮아, 괜찮지…… 네가 올지 몰랐어……. 내일이라고 표
시는 해뒀는데, 내가 확…… 확산이 없었어, 왜 그랬을까."

"확신이 없었다고요? 당연하죠, 제가 금요일이나 토요일에
온다고 말씀드렸잖아요. 너무 피곤하진 않으세요?"

"아니, 괜찮아. 그쪽은 질문이 없어."

"그럼 어느 쪽이 문제예요?"

"나를 빻는…… (그녀는 한참 머뭇거린다.) 빠져나가는 말들……. (그녀는 한숨짓는다.) 알잖니…….."

"알아요, 미쉬카 할머니. 그래도 할머니에게 꽤 많이 남아 있잖아요. 그래서 새로운 말들을 생각해내잖아요. 언어치료사는 다녀갔어요?"

"응, 그랬지. 그런데 그게…… 그게 아니더라……. 훈련이, 그게 어수선…… 그게 어…… 그게 어렵더라고. 한번 볼래?"

그녀는 내게 단어와 그림이 있는 종이를 내민다.

"반대말을 찾아야 해요?"

"아니, 비스듬한 말."

"비슷한 말이요?"

"그렇지. 그런데 나는 비스…… 뭐 그런 건…… 관심 없어. 알잖아, 진짜 중요한 말은 거두절미하잖아. 게다가 그게 이런데 전혀 도움이 안 돼, 나는 어떻게 끝날지 아주 잘 알아. 결국 하나도 안 남을 거야. 단어가 남지 않을 거라고, 그렇지 않으면, 빈 곳을 아무거나 가지고 채우겠지. 상상해봐, 쭈글쭈글 늙은 할머니가 독박…… 독배하는 걸, 그것도 아주 의롭게…….."

"그런 상태 아니잖아요."

"멀지 않았어, 내 말이 맞을 거다. 끝이 멀지 않았어. 마리야, 있잖니. 나는 머리가 없는 끝을 말하는 거야, 단어가 전부 날아가서, 음, 머리를 잃어버리는 것 말이야. 몸이야 언제 끝날지 당연히 모르지만, 그런데 머리가 없는 끝은 시작됐어, 단어들이 공이 되어서 휙 가버렸어."

"그렇지 않아요, 미쉬카 할머니. 기억력 프로그램에 참석해요?"

"별로야. 오히려 내 방에…… 오는 남자애가 좋아. 아주 잘생겼지. 네가 한번 봐야 하는데."

"서로 겹치는 시간이 없잖아요, 미쉬카 할머니. 언어치료사는 방으로 일주일에 두 번 오니까요. 그러니까 할머니는 수요일마다 아래층에 가서 다른 분들과 같이 기억력 프로그램에 참가할 수 있잖아요. 해보긴 하셨어요?"

"별로야. 노인네 한 명이 혼자 다 답해버려, 척하면 착…… 전혀 망설이지 않고. 다짜고짜 정답을 말해. 머릿속에서 떠올릴 수 있는 원만한 단어들을 전부 다 알아, 그래서 우쭐댄다고, 얼마나 짜증나는지. 이미 다 알고 있는데, 왜 참여하는지 모르겠어. 게다가 옷도 혼자 입을 줄 알면서, 아니, 그게 아니라, 곰드레스를 가장 맛지다고 생각하는지 맨날 입고 지내, 그렇다고……."

"어쩌면 그렇게 입는 게 더 편한가보죠."

"그래, 그래도 그렇지, 조금 무아하면 큰일 난다니. 근데 왜 웃니? 그나마 이게 널 웃긴다면야……. 어쨌든 있잖니, 너는 재미있는 일이 더 많잖니, 정말로. 이렇게 자주 여기 오지 마라. 귀찮아질 거야."

"미쉬카 할머니, 이미 한 얘기잖아요. 저는 좋아서 여기 오는 거예요."

"시간 낭비야. 게다가 이런 성태……. 이런 상태……. 이런 나를 보러 오는 건…… 아무짝에도 쓸모없어."

"근데요……. 할머니는 제가 병원에 있을 때, 저를 보러 오셨어요. 그랬죠, 아니에요? 기억나죠?"

"그래, 기억나다마다. 네가 아팠을 때잖아. 네가 아주……. 그렇게들 말했지……."

잠시 그녀는 생각에 잠긴다.

"네가 죽을 뻔했던 거 알지?"

"알아요, 미쉬카 할머니. 좁은 방 안에서 수없이 많은 날을 보내고 있을 때, 여러 번 저를 보러 오셨잖아요, 그렇죠?"

그녀는 수긍한다.

"그러니까 제가 보고 싶을 때 저도 할머니 보러 여기 올 거예요."

그녀는 내게 미소 짓는다.

"그래, 네 얘기는 하나도 안 하는구나……. 넌 잘 지내니?"

"그럼요, 별일 없어요."

"일은 어때?"

"괜찮아요, 잘하고 있어요. 혼자서 서류를 관리하기 시작했어요. 아주 재미있어요."

"일하러 너무 멀리까지 가는 것 아니야?"

"아니요, 고속철도를 타면 괜찮아요. 빠르니까요."

"너 자신에게도 신경을 쓰는 거지?"

"네, 그럼요, 걱정 마세요."

그녀는 나를 잠시 바라본다.

"머리했구나?"

"네, 할머니 머리했어요."

"안색이 좀 안 좋아 보여……. 창피해 보여. 잘 먹고 있지?"

"네, 그럼요, 문제없어요."

"레지스탕스가 새로 온 거 아니? 식사 시간에 우리 테이블에 앉아. 내가 말했나?"

"여기 환자분요?"

"맞아. 내내 혼자 떠들어대, 그래서 나는 귀 막은 척을 해. 그러면 답을 안 해도 되거든. 내내 말을 한다니까, 넌 아마 상상도 못 할 거다. 꿀도 없이 퍼부어. 말하고, 또 말하는데도, 별로 안 힘든가봐, 마치 세상에 혼자만 있는 것처럼 말이야. 그래서 아르망드하고, 아르망드 알지? 내가 좋아하는 사람인데, 귀가 불편한 척해."

잠시 그녀는 자신에게 하는 말을 듣지 못하고 먹는 것에만 몹시 열중한 사람을 흉내낸다.

"그러면 그게 통해요?"

"늙은이들 이야기지, 이런 건, 그렇지. 마리야, 너는 나한테 말해줘야 해. 미쉬카 할머니, 주의하세요. 늙은이들이나 하는 얘기를 하고 있어요, 라고. 내가 불편…… 불평한다고 네가 생각하는 게 싫단다. 그래도 내 말을 말아 들으니 좋구나. 난 그렇게 나쁘진 않아, 사람들이 아주 친절하긴 하지만, 그래도 내 집이 더 좋아."

"알죠, 미쉬카 할머니, 그런데 할머니는 이제 집에 있을 수 없잖아요, 기억나죠?"

"그래, 기억나지."

잠시 그녀는 입을 다물고 생각에 잠긴다. 그러고 나서 내 쪽으로 몸을 숙인다. 그녀는 낮은 목소리로 말한다. 마치 비밀 이야기를 하듯.

"마리야, 내가 할 수 없어서 네게 부탁하고 싶은데. 벽보를…… 신문에…… 내고 싶어."

"벽보요?"

"그래, 너도 알잖니, 사람을 찾기 위해 신문에 하는 것 말이다."

"광고요?"

"맞아."

"예전에 《르몽드》에 냈던 광고 말씀이죠?"

"그래."

"할머니가 어렸을 때, 할머니를 받아줬던 분들을 다시 찾아보고 싶다는 얘기죠?"

"그렇지."

잠시 나는 할머니를 바라본다. 그녀에게 이 일이 무슨 의미일지 헤아려본다. 그 일이 지금 의미하는 것을. 그녀의 턱이 살짝 떨리고 있다. 아마도 할머니는 의식하지 못하지만, 이곳에 온 이후 최근에 생긴 혼란과 감정을 드러내는 징후임을 나는 안다.

"알았어요, 물론이죠, 미쉬카 할머니. 제가 처리할게요. 그런데 너무 기대하지는 말아요, 이미 우리가 광고했던 거 아시죠? 그분들 성을 모른다는 게 문제네요."

"그래, 알지."

"지난번과 똑같은 광고를 낼게요. 그리고 어찌 될지 모르니

제 연락처를 적을게요, 괜찮죠?"

"응, 그냥. 고맙다, 정말 고마워. 돈이 얼마 드는지 얘기해
줘."

"돈 걱정은 마세요. 한번 해봐요, 그런데 그게 잘될 가망은
별로 없다는 것, 아시죠?"

"알지."

"잠깐 정원 산책하실래요?"

"아, 좋지! 네가 선물해준…… 플리즈를…… 플리스를 입을
게. 그레이스 켈리가 내 운에서 떠나지를 않는데, 내 옷과 똑같
은 것을 갖고 싶어 할 거야."

○

　적의에 찬 원장이 미쉬카의 방에 불쑥 들이닥친다. 노크도 없이 들어왔다. 인사도 필요 없다고 판단한다. 화가 난 그녀는 《르몽드》 신문 한 부를 휘두른다.

　"이 광고를 낸 게 부인 맞죠?"

　미쉬카는 고개를 끄덕이며 인정한다. 원장이 폭발한다.

　"아니, 내가 꿈을 꾸는 건 아니겠지요? 당신이 누구라고 생각해요, 셸드 부인? 완전 제정신이 아니군요! 정말 정신이 나갔군요! 생각이 하나도 없어요! 광고라니? 당신이 여기 있다고 벽보라도 쫙 붙이지 그래요? 텔레비전 광고는 왜 안 했어요? 기구라도 띄우던지! 비행기에 플래카드라도 달고 해변을 날아다니시지! 정말 믿을 수가 없네…… 광고라니! 지금 21세기를 살고 있어요, 셸드 부인, 전쟁은 끝났다고요. 우리 회사는 한창 성장하고, 확장세에 있어요. 그런데 당신은 우리 평판을 해칠 수도 있을 이런 광고를 내보낸다고요? 평판이 뭔지는 알아요? 그게 무슨 뜻인지 조금이라도 아느냐고요? 요새는 그게 자금줄이라고요! 그걸로 24시간 안에 당신을 쓰러트릴 수 있다고요!"

　미쉬카는 아무 말도 못한다. 어린 소녀처럼 침대에 앉아 허

벅지 위에 두 손을 올려놓고 있다.

원장은 신문의 '알림란' 페이지를 펼친다. 대놓고 비꼬며 큰 소리로 읽는다.

"⟨미쉬카라 불리는 미셸 셸드가 1942년에서 1945년까지 라 페르테-수-주아레에서 자신을 받아줬던 니콜과 앙리를 찾습니다.⟩ 니콜과 앙리라니! 그 사람들 성도 몰라요?"

"몰라요."

"이 사람들이 부인을 살려줬는데, 이름도 기억 못한다고요? 그런데도 기억력 프로그램에 가지 않는다고요! 부끄러운 줄 아세요…… 그런데 이 이름들은 확실해요? 이 마을 이름은, 분명하냐고요?"

미쉬카는 입을 다문 채 굳어진다.

"그런데도 식욕은 그대로네요! 당빌 부인의 초콜릿도 잘 드시고! 작은 사과 주스도 잘 먹고! 레물라드 소스를 곁들인 셀러리까지도! 그런데 밀루 선생 시간에는 아무 말도 못하면서……. 그건 도망치는 거예요, 재앙이라고요! 부인은 1인실 방을 차지하고, 입맛은 좋고, 영화 클럽에는 참석하고, 정원도 누리고, 우리 시설에서 부인에게 돈을 얼마나 쓰고 있는지 말해봐야 소용없겠지요, 셸드 부인, 아주 많이 쓰고 있어요. 그런데 부인은 그 대가로 뭘 줬지요? 네? 손익에 심각한 문제가 되지 않을 것 같아요? 부인도 그걸 알아야 해요, 그리고 이런 식으로 계속 갈 수는 없어요. 부인에게 그 사실을 알려서 유감이네요, 왜냐하면 부인이 돈 한 푼 내지 않는다는 것은 사실이니까요. 강조해야겠어요. 땡전 한 푼. 그런데 부인은 무슨 생각이죠, 그들은 죽었다고요. 죽었어요! 죽었다고! 죽었다고요! 진실은 바로 그들이 죽었다는 것이고, 그래서 부인은 그들에게 결코 고마움을 표현할 수 없다는 거죠!

미쉬카는 땀에 젖은 채 잠에서 깨어, 침대에 앉는다.
그녀의 가슴이 요란하게 뛴다. 호흡을 가다듬기가 어렵다. 그녀는 두 손으로 얼굴을 감싸고, 눈물을 꾹 참는다.

○

　며칠 후, 그녀의 방에 들어서자 방 한가운데에서 지팡이를 한 손으로 짚고 비틀거리며 서 있는 그녀를 발견한다.

　"그래도 내가 침대 정리는 할 줄 안단 말이야! 시간이 걸려서 그렇지, 시간이 많이 걸리지, 물론 그 빈대라고 말하지는 않아, 하지만 나도 알아. 그런데 그 사람은 매일 같이 슬그머니 다시 한단 말이지, 처음부터 다시, 매일 같이, 그걸…… 침대보를 걷어내. 마치 내가 제대로 못했다는 듯이."

　"대체 누구 말씀이세요?"

　"청부사!"

　"그분에게 말씀해보세요, 미쉬카 할머니, 할머니 뒤에 쫓아다니지 않았으면 좋겠다고요."

　"말했지! 그랬더니 내가 늙은 바보라도 되듯이 눈을 들어올려 항공을 보더라고."

　"그분은 분명 잘해주고 싶은 걸 거예요. 제가 한번 말해볼까요?"

　"아니, 아니야, 네가 할 얘기는 따로 있어. 샤워할 때는 어떻고, 똑같아. 새로운 대장은 이제 나 혼자 샤워하게 두지를 않아."

8 0

"알죠, 미쉬카 할머니, 그건 지난번에 넘어져서 그런 거예요. 그러니까 당연한 거죠, 할머니를 위한 거예요. 잘못되지 않게요."

"그래, 그래도 나는 말이야, 나를 위한다면 말이지, 마리야, 이건 아니라고 생각해. 나를 위하려면, 그러니까……."

몇 초 동안 그녀는 단어가 생각나지 않아 머릿속에서 찾고 있다.

"가만히 놔두라는 거지요?"

"그래, 바로 그거야. 가만히 놔두면 돼. 이 방에 맨날 누가 들어온다고. 아침거리나, 알약, 간식, 빨래를 가져다주고, 침대 정돈하고, 청결도 해, 내가 어떤지 알아보러 오기도 하고, 이것저것 살려준다고 맨날 들락날락해, 허구한 날, 똑똑, 그다음엔 휙 들어와, 상상이 가니? 그런데 너 같으면 그 사람들이 보기 싫다 해도, 네가 ……사라질 수는 없잖아."

"저도 잘 알죠, 미쉬카 할머니. 이해해요. 좀 앉으실래요?"

그녀는 안락의자에 털썩 주저앉는다.

"그건 그렇고, 벽보는 올렸니?"

"네, 미쉬카 할머니, 이번 주에는《르몽드》에 게재될 거고, 다음 주에는《피가로》에 실릴 거예요. 소식이 오면 알려드릴게요."

그녀는 정보를 머릿속에 저장한다.

이제부터 그녀는 기다리리라. 바라리라. 그녀는 내게 감히 묻지는 못하지만, 가능한 오랫동안 희망을 향해 살짝 열려 있는 이 창문을 그대로 둘 것이다.

"내 스웨터들도 똑같아. 알잖니, 나도 그걸 다 정리할 줄 아는 사람이란 걸. 정말이지. 대체 뭘 편견하는 건지?"

"그러니까 할머니는 그 여자가 위스키병을 찾아낼까 두려운 거 아니에요?"

"술병은 잘 감췄어. 안심해도 돼. 좀 더 깊숙한 곳에. 어쨌든 나는 사람들이 내 물건을 던지는 게 싫어. 그건 그렇고, 너는 뭐 할 얘기 없니?"

"전 잘 지내요, 미쉬카 할머니."

잠시 그녀는 나를 살펴본다.

"머리한 거니?"

"네, 머리한 거예요, 미쉬카 할머니. 제가 언젠가 설명했을 텐데요, 저같은 곱슬머리는 쉽지가 않네요. 다른 사람들처럼 머리를 할 수가 없어요……."

"그래, 그렇구나…… 그렇게 말하니, 안됐구나."

짧은 침묵이 자리한다. 우리는 생각에 잠긴다.

"저 실은요, 미쉬카 할머니에게 알리고 싶은 이야기가 있어요……. 저 임신했어요."

그녀는 제대로 알아듣지 못한 표정이다.

"나한테 알코올이 한 방울, 많이는 아니고, 정말 아주 조금 들어간 초콜릿이 있어, 멋있단다. 당빌 부인이 가져다준 거야."

"미쉬카 할머니, 제가 한 말 들었어요?"

"그런데 어떤 사내니?"

"어떤 사내냐니, 그게 무슨 소리예요?"

갑자기 그녀는 거칠게 화를 낸다.

"누구 애인지 너도 모른단 말이니?"

"알죠, 알아요, 당연하죠. 그런데 그 사람이 아기를 원하는 것 같지는 않아요."

"새로 만난 아이니?"

"네. 아, 생각해보니, 아니네요, 새로운 사람은 아니에요. 몇 달 되었어요. 이름은 뤼카예요. 제가 한두 번 얘기 했었는데. 저녁 모임에서 만났어요. 아주 친절한데, 같이 살진 않아요. 게다가…… 해외에 가야만 한대요. 저도 제가 임신할 수 있으리라 생각 못했어요. 병원에서 의사가 그랬죠, 기억나시죠, 분명 후유증이 따를 거라고. 복잡하게 될 거라고. 임신하면요."

"맞아……. 네가 아팠을 때, 너는 정말이지……."

그녀는 이상한 행동을 한다. 사라져가는 무언가를 흉내내는 것 같다.

"너는 정말…… 그래 맞아. 그러니 네가 임신을 했다니 믿을 수 없구나."

"네, 맞아요, 제가 임신한 것 정말 맞아요, 미쉬카 할머니, 그리고 그래서 겁이 나요."

나는 그렇게 잠시 할머니의 시선에서 격려든 비난이든 반응이 있기를 기다린다. 그런데 그녀는 여태껏 본 적 없이 주의를 기울이며 조용히 나를 관찰한다.

"그 애에게 말했니?"

"아니요, 아직 말 안 했어요. 저부터 생각을 정리하고 싶어요. 미쉬카 할머니, 저는 두려워요…… 제가 해낼 수 있을지 모르겠어요. 제가 아이를 가질 수 있을지 말이에요. 끝까지 해낼 수 없을까 무서워요. 제가 무언가를 만들어내는 게, 아니면 제 의지와 상관없이 무언가가 만들어지는 게 두려워요. 저주나 운명같이, 어둠 속에, 추억 속에, 핏속에, 세계의 역사 속에 무언가가 생겨날 수 있다는 것이요, 그것에 맞서서 아무것도 할 수 없는 무언가 말이에요. 무슨 말인지 아세요? 그리고 제게 충분한 사랑과 인내, 관심이 있을까요? 제가 아이를 키우고, 아이를 안아주고, 아이를 돌볼 수 있을지 어떻게 알겠어요? 제가 아이에게 말을 할 수 있을지, 중요한 것들을 알려줄 수 있을지, 커다란 미끄럼틀에 올라가고, 혼자서 길을 건너게 둘 수 있을지요, 그리고 아이가 필요할 때 제가 손을 내밀 수 있을까요? 해야만 하는 것을 저는 어떻게 알게 될까요? 아이를 사랑하지 않을까봐, 아이를 너무 사랑할까봐, 제가 아이를 아프게 할까봐, 아이가 저를 사랑하지 않을까봐 두려워요."

"정말 아쉬울 것 같은데…… 당빌 부인이 새로 가져다준 초콜릿을 다 먹어 버리면, 내가 뭘 줄 수 있을까?"

"어쩌면 임신 중절을 하는 것이 나을 것 같아요."

"안 돼, 그건 아니지."

"뭐가 아니라는 거예요?"

"아니야, 아니라고, 아니지…… 그리고 그건 이 여성하고 전혀 상관없어. 정말 괜찮은 사람이야. 언제나 막대 네 개를 찔러서 멋진 쪽 머리를 하고 있지!"

그녀는 당황한 기색이 역력한 나를 쳐다본다.

"너도 아주 잘 알 텐데, 수용소에서 풀려난."

"시몬 베유°?"

°   Simone Weil, 프랑스의 정치인인 시몬 베유는 2차 대전 당시 아우슈비츠에 강제 수용되었다 풀려났다. 1974년 보건부 장관으로 임명된 직후, '베유 법'이라 불리는 자발적 임신 중단에 관한 법안을 제출해 통과시켰다.

"그래 맞다, 정말 멋진 사람이야. 여성들을 위해서 한 일은 정말 광장하지. 그래도 그이와는 전혀 상관이 없는 일이야."

"정말 상관없죠……."

그녀는 눈에 띄게 감정이 복받쳐 생각에 잠긴다. 내가 침묵을 깨뜨린다.

"요즘 책 읽으세요?"

"글자가 작아."

"제가 큰 글자 책 몇 권 가져다드렸잖아요, 읽어보셨어요?"

"무슨 책?"

"지난번에 가져다드린 책들이요. 큰 글자로 표기된."

"큰 글자? 그건 늙은이들이나 보는 거지…… 그 남자에게 빌려줬어."

"그 남자요?"

"그 남자. 창문을 활짝 여는 방법을 알려주었어. 금지 사항인데. 검을 가지고 말이야."

"그게 대체 누군데요? 직원이에요?"

"그건 아니지, 금지 사항이라고 말하잖아."

"그럼 누구예요?"

"옆에 있는 남자, 이렇게밖에는 설명 못하겠어, 너도 한 번 봤을 거야, 무직으로 만든 옷을 입은 남자 말이다."

"테르디앙 씨요?"

"그래. 그 남자가 요양병원을 안다는 사실은 믿어도 돼. 여기 있었던 시간이 기니까. 그 남자가 내게 보여주었지. 그러니까 그걸…… 그…… (그녀는 한숨 쉰다.) 그러니까…… 탁 소리를 내고! 본래 창문은 팔짝 열 수 있는 거였어. 그런데 우리는 그렇게 하면 안 되고. 사람들이 오면, (자리에서 움직이지는 않고 창문으로 뛰어내릴 듯한 표정을 지으며) 재빠르게 문을 닫지."

"어쨌든, 넘어지지 않게 조심하세요!"

"아주 뾰족한 것이 필요해. 그래서 식당에서 가져왔지. 루즈…… 베프…… 먹던 저녁에."

"로스비프요?"

"너도 알지, 나는 말이야, 하나도 없었어……."

"로스비프요?"

"아이들이."

"잘 알죠, 미쉬카 할머니. 그래도 제가 있잖아요. 제가 여기 있어요."

"너는 참 많이 울었지, 알지? 의사가 너한테 네가 언제고 입신이 가능한지 확실하지는 않다고, 어쨌든 확실하지 않다고 네게 말했을 때, 너는 정말 많이 울었어. 이런 말 해도 될지 모르겠다."

"맞아요. 그런데 어쩌면 지금은 좋은 시기는 아닌 것 같아요."

"어쩌면 좋은 시기란 결코 없을 거야."

그녀는 창을 바라본다. 그러고 나서 다시 나를 향해 몸을 돌린다.

"알지, 나는 아이를 원하지 않았어. 조금도. 가족도 아이도 필요 없었어. 정말 아무도 필요 없었다고. 너희가 위층에 살지 않았더라면, 나는 계속 그랬을 거야. 나는 그저 아웃…… 아니 이웃이었는데, 구멍에 조용히 살던. 네가 처음으로 오던 날, 기억나니, 너는 집에 혼자 있었어. 얼마 동안이나 그랬냐고 물었지, 하루, 이틀, 너는 말을 하고 싶어 하지 않아 했어, 게다가 나는 매서웠고. 너는 밥을 먹더니, 혼자 다시 올라갔지. 그날 밤 나는 잠을 못 샀어. 그러고 네가 두 번째로 다시 왔지, 내게 기원하는 듯 두 눈을 커다랗게 뜨고, 그래서 내가 너를 집으로 데려왔지. 그때부터 매번 네가 다시 올 때마다, 너를 집에 놓았어, 너는 오후 내내 있었지. 그리고 수성펜을 사고, 색종이와 가위를 샀지, 동물원 장식품도, 기억나지? 플라스틱으로 만든 작은 얼룩말을 네가 참 좋아했는데. 그리고 고무찰흙도 사고, 시럽으로 된 딸기 맛 쭈쭈바를 사서 생동실에 넣어두기도 했지. 거의 매일 저녁 네가 왔어. 정확히 그렇게 시간이 흘렀지.

내 집에서 작은 구슬 소리가 울리는 것 같았다니까. 너는 잠도 자고 갔어, 예기치 못한 일이 생기거나, 정말 좋지 않았을 때, 그런데 그러고 나면 결국엔 좋아졌어. 이 얘기가 아닌데, 제일 중요한 건 이게 아닌데. 내가 전부 뒤숭숭하게 섞어버렸어……. 미안하구나. 선택은 네가 하는 거다. 그러면 너도 알게 되겠지. 어쨌든 이거 한 가지만 말하고 싶구나, 네가 결정을 하게 된 후에 말이야. 중요한 것은 바로 그거야, 가장 중요한 것은 그거라고."

"뭐요?"

"사면서 처음으로 다른 누군가를 관심을 가지고 보살폈어. 나 말고 다른 사람 말이야. 그게 모든 것을 바꾸더라, 알겠니, 마리야. 다른 사람 때문에 두려울 수 있어, 자기가 아닌 다른 사람 때문에. 그래도 그건 정말 큰 행운이란다."

"할머니 말 잘한 거 아시죠."

그녀는 기분이 좋아 보인다.

"그렇구나, 맞아…… 긴장 상황에서는."

"자판기에서 차 한 잔 뽑아드릴까요?"

"좋지. 피곤하구나. 리본차 부탁할게."

"레몬차요?"

"그래, 그거다."

89

○

미쉬카 할머니는 방문이 예정된 날마다, 옷을 잘 차려입는다. 할머니의 눈 색깔을 두드러져 보이게 하는 하늘색 스웨터를 고르거나, 베이지색 조끼를 바지에 맞춰 입는다.

나는 매번 가기 전에 전화를 드린다. 할머니가 준비할 수 있게 가급적이면 그 전날.

들어가기 전에는 문을 두드린다.

나는 할머니를 포옹한다.

"올 필요 없다니까, 불편하게시리, 그리고 너도 좀 쉬어야 하잖아."

"그 얘긴 이미 했잖아요, 미쉬카 할머니. 제가 좋아서 오는 거라고요. 기분은 좀 어떠세요?"

"좋아, 좋고 말고…… 그런데 무슨 일이 일어나는지는 하나도 모르겠어."

"무슨 말씀이세요?"

"여기서 말이다. 이전과는 정말 달라. 아래층 말이다. 체념한 사람 둘이 죽었어……."

"환자들요?"

"그래. 한 주에 둘이나. 밀린 소시지가 든 소포를 받은 크레스팽 부인 말이야…… 밤에, 휴, 그렇게 됐어."

"슬프겠어요……. 크레스팽 부인을 되게 좋아하셨잖아요."

"그래……. 그런데 너도 알다시피, 우리는 늙었어. 말한 적 있잖니, 헌실적인 사람이 되어야만 해, 조금만 지나면 더 지속할 수 없을 거야. 진짜 제대로 시작하겠지. 이게 슬프지는 않아, 그런데 두렵긴 해."

"그러면 다른 부인은요? 아시는 분이셨어요?"

"아니, 5층에 있던 사람이야. 5층. 그러니까 그런 사람들…… 점심이 나간 사람들은 아닌데 말이지, 밤에 유령들처럼 들어다니지. 그래서 문을 꼭 닫아야만 해. 질문은 카탈로그 때문에……."

"무슨 카탈로그요?"

"그거 있잖니, 트루와 스…… (그녀는 머뭇거린다.) 퀴스 카탈로그°."

"왜요?"

"그 사람 거야."

"크레스팽 부인요?"

○ 3(trois) Suisses라는 프랑스 우편 주문 전자 상거래 회사.

"그래, 나한테 빌려줬거든, 양…… 암말을 사려고, 그런데 내가 카탈로그를 돌려주었는지 아닌지 헷갈려."

"그렇게 심각한 일은 아니잖아요. 미쉬카 할머니, 그분이 찾아갔을지도 모르잖아요. 뭐 마음에 드는 건 찾으셨어요?"

"없었어, 방울 달린 것을 안 좋아하잖니. 그런데 여기가 이젠 예전 같지 않아. 특히 밤이 되면 그 사람들이 순찰을 돌아."

"무슨 순찰요, 미쉬카 할머니?"

"체념한 사람들이 전부 각자의 방에 들어가면, 그 사람들이 뭘…… 주려고 돌아다녀. 그리고 아침에도 그렇고. 그게 뭐 하는 건지는 잘 알아."

"별일 아닌 걸 걱정하시네요, 설명드렸잖아요, 잘 있는지 확인하러 요양보호사들이 도는 것은 당연하잖아요."

"나는 밤이 싫어."

"잘 못 주무세요?"

"단어들 때문이야, 말했잖아. 밤에도……. 단어들이 숨어버려. 사라지고, 잠이 안 와서 뒤척이고 있으면, 바로 그 순간 단어들이 숨어버리고, 사라지는 것을 나도 잘 알아, 확실하지, 그런데도 할 수 있는 일이 하나도 없어, 차에 한가득 싣고, 엄청난 속도로 가버리는데도, 어쩔 도리가 없어, 심지어 얼어…… 인어…… 언어…… 그 사람도 그렇게 말했다고……."

"언어치료사요?"

"그래, 그 사람이 그렇게 말했어. 내 정도 되면 그림 같은 것 가지고도 아무것도 할 수 있는 게 없다고."

"과장하지 마세요, 그 사람이 그렇게 말하지는 않았을 것 같은데요. 연습하는 게 싫어서 그러시죠."

"진이 쫙 빠져. 그걸 하고 난 내 모습을 봤어야 해, 완전 식 초가 돼버려, 참 슬퍼……."

잠시 그녀는 생각에 잠긴다.

"늙지 말아야만 해. 어쨌든, 네가 여기 있는 김에, 내 생각을 말하고 싶구나. 나는 회장했으면 해."

"뭘 어떻게요?"

"내 장례식. 회장하고…… 작은 샌드위치 몇 개, 더는 말하 지 말자. 크레스팽 부인처럼, 아주 마음에 들던데."

"화장하라는 말씀이세요?"

"그래, 그거다. 어쨌든 샌드위치는 다진 고기 말고, 인어를 넣어."

"연어요? 네, 그러죠, 알겠어요. 메모할게요. 그런데 급한 일 도 아니잖아요, 서두를 필요 없어요."

"크레스팽 부인을 보러 갈 수 없었어. 모두 함께 가려고 마 차를 한 대 마련했다는데, 나는 너무 피곤해서 못 갔어."

"미쉬카 할머니, 이해해요, 당연하죠. 쉬셔야만 해요."

"그래 아기는?"

"무슨 아기요?"

(할머니가 무슨 얘기를 하는지 나는 당연히 안다.)

"네 아기 말이지! 그래, 어디 있니?"

"뭐…… 맨날 여기 있죠. 뤼카와 얘기를 했어요. 그는 아주
이해심이 많긴 해요. 어쨌든 인도로 떠나기로 마음을 먹긴 했
지만요. 누벨 프롱티에라는 여행사 아시죠, 거기서 일해요. 현
지 통신원 자리를 제안받았대요. 뤼카는 인도를 아주 잘 알아
요. 처음 만났을 때부터 그 자리를 기다리고 있다고 말했었죠.
그리고 저도 처음부터 움직일 마음이 없다고 했고요."

"왜?"

"그건…… 할머니가 여기 있으니까요, 그리고 어쨌든 제가
인도에서 살 이유는 하나도 없거든요. 이제 막 여기에서 제가
하고 싶던 일을 시작했는걸요, 그것만으로도 충분히 복잡해
요……."

"그럼 그 아이가 연정…… 역전……을 내진 않고?"

"역정을 냈냐고요? 아니요. 제가 아기를 낳아도 좋다고 했
어요, 제가 원하면요. 가능하다면 저를 도와주겠다고도 했고
요. 어쨌든 가고 싶다네요. 무슨 일이 있든. 그리고 특별히 아

기를 갖고 싶어 하지 않아요. 아시겠어요, 저를 그 정도로 사랑하지는 않아요."

"그래? 어째서?"

(그녀는 그 사람이 오백만 유로짜리 수표를 받지 않았다는 말이라도 들은 것 같은 반응을 보였다.)

"뭐, 그게 인생이죠, 미쉬카 할머니, 그런 거예요."

"어쨌든…… 네가 머리를 할 수 없다는 사실을 말하긴 했어, 네 머리 말이야?"

"걱정 마세요, 미쉬카 할머니, 제 머리와는 아무 상관이 없어요. 그는 레게머리를 했어요, 어떤 건지 아세요?"

"그래, 알지. 그렇구나. 너 혼자 결성을 해야만 하겠구나. 그러니까, 약혼자도 없이."

"네, 그래요. 어쨌든 잘될 거예요. 제가 혼자 해결할게요……. 실은 제가 정말로 아기를 갖고 싶어 했었던 것 같다는 생각이 들어요. 밖에 나가서 산책 좀 하실래요?"

"아니, 오늘은 싫다. 피곤해."

"정말요? 보세요, 날씨 좋잖아요."

"거맙지만 사양할래."

제

롬

그녀는 안락의자에 앉아 나를 기다린다.

나를 기다리며 아무것도 하지 않는다. 책을 읽거나, 뜨개질하거나 혹은 무언가를 하는 척도 하지 않는다.

이곳에서는 기다리는 것도 온전하게 하나의 일이 된다.

그녀의 방으로 들어가며, 나는 그녀와 악수를 하고 근황을 묻는다. 그녀는 물 한 잔이나 혹은 간식으로 받아둔 작은 통에 든 과일 주스가 있다면 그것을 건넨다. 초콜릿이나 사탕 같은 것을 고집스레 내미는데, 무언가를 내게 주고 싶어 하는 마음임을 나는 안다.

우리는 우리만의 의식이 있다.

내가 디지털 기기의 녹음 버튼을 누르고, 매번 대충 비슷한 단어들로 시작하는 순간을 그녀는 좋아한다.

'9월 5일, 셸드 부인의 스무 번째 시간을 본인 동의하에 녹음합니다.'

"속담 좋아하세요, 미쉬카 할머니?"

그녀는 입을 삐죽거린다.

"오늘은 기억력을 자극하고 또한 어휘들을 까먹지 않게 몇 가지 연습 문제를 해볼까 합니다."

"봐야 알지요."

"맞아요, 해보시면 알 거예요, 정말 재미있어요. 제가 속담의 일부분을 내면, 비어 있는 단어를 맞혀야 해요. 좀 쉬운 것으로 시작할게요. 속담을 완성할 단어를 맞히면 됩니다. 아시겠죠?"

그녀는 무덤덤하게 받아들인다.

"……이 반찬이면 상발이 무너진다."

"사정."

"확실해요? 다시 한 번 말해볼게요. 하루의 ……는 그날로 족하다."

"작정."

"걱정요, 미쉬카 할머니. 거의 정답이었는데. 자리에 없으면 ……보기 마련이다."

"……순해 ……손해 보기."

"아주 좋아요. 아니 땐 굴뚝에서 ……나랴."

"연기."

"진리란 ……에 숨겨져 있는 법이다."

"들판? …… (그녀는 생각한다.) 화산?"

그녀는 이제 당황스러운 표정으로 나를 바라본다.

"그건 모르겠는데."

"진리란 우물 속에 숨겨져 있는 법이다. 생각 안 나세요?"

"전혀."

"다른 질문드릴게요. 죄는 고백하면 절반은 ……받은 것이나 다름없다."

"아, 그만! 그런데 다녀왔어요?"

"어디요?"

"아버지 만나러."

"간다고 말씀 안 드렸잖아요, 미쉬카 할머니. 생각해본다고 말했지요."

"생각해봤어요?"

"네, 생각해봤죠. 그런데 시간이 좀 걸려요. 바로 결정할 일

은 아니에요. 위험한 일이에요. 아시잖아요, 복잡한 일이라는
것. 산만하게 그러지 마세요. 자, 하나 더 해봐요. 고양이가 ……
를 마다한다."

"선생님 때문에 불안하네요. 후회할까봐."

"알아요, 미쉬카 할머니. 저도 불안하긴 마찬가지예요. 그런
데 때로는 어쩔 수 없을 때도 있어요. 그건…… 저 자신을 지키
는 것에 대한 문제니까요."

"그런데 지금 선생님은 장한 사람이잖아요, 아닌가요?"

때마침 간호사가 방으로 들어온다. 나는 녹음을 멈추지 않
는다.

그는 아주 큰 소리로 마치 어린아이를 대하듯 아주 또박또
박 말한다. 미쉬카 할머니는 기분이 나빠 보이지는 않는다.

"저 찾으셨나요, 셀드 부인? 아침에 저를 찾으신 것 같은데
요……."

"아, 맞아요…… 조금 더…… 효과가 있는…… 밤에…… 그
런 걸 좀 주면 안 될까요. 일…… 알……."

"아몬드요?"

"아니, 아니요…… 아주 아주 작은 거요, 이렇게, 여기저기
에 두고 가잖아요…… 두세 개…….”

"알약요?"

"맞아요."

"약 말씀하시는 건가요, 셸드 부인. 18시에 드리는 연질 캡슐이 있고요, 저녁엔 좀 늦게 다른 알약 한 알을 더 드리잖아요."

"그게 이름이 뭐예요?"

"18시에는 오메프라졸, 그리고 22시에는 미안세린이에요."

"뭐가 더 외로운 약이죠?"

"효과가 같지 않아요. 22시 약은 잠을 잘 자게 해주고요, 18시 약은 배가…… 아프지 않게 해줘요."

"아…… 그러면 22시 약을 하나 주세요."

"주치의와 얘기를 해봐야 합니다. 22시 약을 더 빨리 받고 싶으신 거죠?"

"네."

"잠을 못 주무신다는 얘기죠, 그렇죠?"

"아주 심하진 않지만, 조금 그렇긴 해요……."

"주치의에게 문의할게요. 밤마다 불안해 보이세요."

"오…… 많이 그렇지는 않아요."

그때 내가 증인이라도 되는 양, 그는 나를 돌아본다.

"테르디앙 씨와 부인이 창문을 여는 데 쓰려고 칼을 방안에 두고 있었다는 사실을 선생님도 아셔야 해요."

그러고 나서 그는 다시 그녀에게 훨씬 큰 소리로 말한다.

"방에 칼을 두어서는 안 돼요, 셸드 부인, 아셨죠?"

미쉬카 할머니는 조금 거만하게 군다.

"물론, 정말 잘 알지요, 간호사 선생님. 그렇지만 그게 뭐 다 수라고요, 우리가 문을 좀 열 수도 있잖아요, 그렇다고 자라지는 것도 아닌데!"

"약 문제는 원장님과 얘기를 해볼게요, 원장님이 주치의와 의논하실 겁니다. 이만 가보겠습니다, 셸드 부인."

그가 나간다. 그가 신은 신발이 리놀륨 장판을 걸을 때마다 들러붙는 소리가 난다.

미쉬카 할머니가 나를 바라본다.

"친절한 분이죠, 아시겠지만, 저렇게 조금 무해해 보이긴 하지만, 아주 친절해요."

"저도 그렇게 생각해요, 미쉬카 할머니. 그럼 마저 좀 더 해볼까요?"

그녀는 갑자기 어깨 힘을 쭉 빼더니, 보란 듯이 한숨을 내쉰다.

나는 웃음이 나온다.

그녀도 같이 웃는다.

"어려운 일을 해내는 자는……."

"마리가 임신했다고 말했던가요?"

"임신요? 네, 지난주에 말씀하셨죠."

"아이를 낳을 거래요. 아이 아빠도 없이, 그런다네요."

"그게 걱정이세요?"

"많이 그렇게는 아니에요. 그래도 조금 걱정이 되긴 해요."

마
리

    미쉬카 할머니를 만나러 갈 때면, 나는 그
곳 사람들을 관찰한다. 아주 나이 든 사람들, 중간쯤 나이 든
사람들, 많이 나이 들지 않은 사람들. 가끔 그들에게 묻고 싶어
진다. 아직도 누군가와 포옹을 하세요? 누군가 당신을 두 팔로
안아주나요? 언제부터 다른 사람의 피부가 당신의 피부 속으
로 들어오는 접촉을 하지 않았나요?

    늙음, 내가 정말 늙을 때를 상상하면, 40년 혹은 50년 후 내
모습을 떠올려보려 하면, 가장 고통스럽고, 가장 참기 힘든 생
각은 누구도 나를 가까이 하지 않으리라는 것이다. 신체적인
접촉이 조금씩 혹은 갑작스럽게 사그라드는 것.

    어쩌면 욕구도 더는 똑같지 않을지도, 오랫동안 굶었을 때

처럼 육체는 쪼그라들고, 오그라들고, 마비될지도. 그렇지 않으면 배고픔을 호소할 때와는 반대로, 그 누구도 듣고 싶어 하지 않을 것 같아 소리 없이 참을 수 없는 비명을 내지를지도.

미쉬카 할머니가 균형도 잡지 못하고 비틀거리는 걸음으로 내게 다가올 때, 나는 할머니를 꼭 안아주고 싶다. 내 힘, 나의 활력을 조금이라도 할머니에게 불어 넣어주고 싶다.

하지만 할머니를 두 팔로 안기 전에 나는 멈춰 선다. 어쩌면 수줍음 때문에. 그리고 할머니를 아프게 할지 모른다는 두려운 마음 때문에.

할머니가 아주 허약해졌다.

나이가 들면, 나는 침대에 눕거나, 아니면 안락의자에 허리를 대고 편히 앉아서, 내가 지금 듣는 음악을 들으리라. 라디오에서 흘러나오는 노래나 나이트클럽에서 들은 노래를. 춤을 추고 있는 내 육체의 감각을 되새겨보려 두 눈을 감으리라. 거실 한가운데서 홀로 춤을 출 때 느껴지는 섬세하고, 부드럽고, 마음대로 움직이는 나의 육체, 다른 사람들 몸 사이에 있는 나의 육체, 다른 사람들의 시선에서 해방된 나의 육체를. 내가 늙는다면, 나는 소리 하나하나에, 음정 하나하나에, 순간적인 감정 하나하나에 주의를 기울이며 세월을 보내리라. 그렇다, 두 눈을 감고, 머릿속으로 춤과 몰아의 상태로 나를 던져 넣으리라. 나는 하나씩 하나씩 움직임과 그 움직임의 급격한 변화를 떠올리고, 또다시 육체는 리듬과 박자를 맥박에 아주 가깝게 맞추리라.

내가 늙은이가 된다면, 어느 날 내가 그렇게 된다면, 내겐 이것이 남으리라. 춤의 기억, 온몸에 파고들던 저음들, 그리고 내 엉덩이의 찰랑거림.

○

　그녀는 안락의자에 앉아 졸고 있다. 나는 몇 분 전부터 그녀 옆에 앉아 있다. 그녀의 얼굴 위로 잔잔한 전율이 스쳐간다. 내가 왔음을 그녀가 인식하기 시작했다는 것을 알 수 있다. 그녀는 눈을 뜬다.

　"안녕하세요, 미쉬카 할머니, 잘 지내셨어요?"

　"안 자고 있었어, 알지?"

　"알죠, 미쉬카 할머니, 걱정 마세요. 저 기다렸잖아요. 기분은 좋으세요?"

　"그럼, 좋지. 그래 너는? 그…… 아기는 어때?"

　"의사를 만났어요. 다 좋다고 했어요."

　"잘됐구나. 그런데 벽보는 어때?"

　"유감스럽게도 아무런 소식이 없어요, 미쉬카 할머니. 지난 화요일에 광고를 다시 했어요. 아직 소식은 없네요."

　슬픔 때문에 그녀의 얼굴에서 갑자기 생기가 사라진다.

　"정말…… 그랬으면…… 바랐는데…… 알잖니……."

　"정말로 그렇게 원하세요?"

　"응."

　"그러면 제가 생각을 좀 해볼게요. 찾을 수 있는 다른 방법이 있을 거예요."

할머니는 생각에 잠겨 잠시 침묵을 지킨다. 그러더니 나쁜 생각이라도 하고 있었다는 듯 실망감을 몰아낸다.

"나보고 키드 놀이를 하자더구나, 말했던가?"

"아니요, 말 안 하셨어요, 누가요?"

"여인네들이."

"어떤 분들요?"

"젊은 애들. 허구헌 날 오후 내내 아래층 큰 휴게실에서 문그적대는 사람들이야. 심지어는 몸을 쓰는 프로그램에 참석하는 이들도 있어."

"정말 그분들은 건강해 보이던걸요, 그런데 그분들도 그렇게 젊지는 않아요, 아시죠?"

"바람 빠진 의자를 타고 있는 이 있잖아, 그치가 그 무리의 대장이야. 누군지 알아? 목욕하고 나서나 입는 옷을 입은 사람 말이야."

"네, 알아요. 그래서 한다고 하셨어요? 그분들과 카드 놀이 하실 거예요?"

"모르겠다."

"왜요? 하고 싶지 않으세요?"

"잘 못할까봐 겁나."

"절대 아니에요, 미쉬카 할머니. 규칙을 아시잖아요, 못할 이유가 하나도 없어요."

"참 안됐어⋯⋯."

"네? 뭐가요?"

"테르디앙 씨가 방에서 넘어졌어. 큰 뼈가 부러졌대, 테르디앙 씨는 거기⋯⋯ 그러니까⋯⋯."

(그녀는 떠오르지 않는 단어를 찾는다.)

"병원요?"

"그래. 테르디앙 씨가 다시 오면 좋겠어."

"그럼요, 미쉬카 할머니. 나아지면, 바로 돌아오실 거예요."

"그건 그렇고, 알다시피 여기에 뭔가 중대한 일이 일어나고 있어. 아주 중대한 일. 아래 화장실에서 말이다. 네가 가서 봐야만 할 거야. 난 발도 들여놓기 싫어, 난 다 안다고, 그 사람들이 그것들을 어디로 가게 하는지."

"대체 무슨 말씀이세요, 미쉬카 할머니, 1층 화장실 얘기하시는 건가요?"

"그래, 거기⋯⋯ 밥 먹는 곳⋯⋯ 옆에⋯⋯ 네가 한번 봐봐. 문 위쪽으로, 무언가⋯⋯ 하얀색이⋯⋯ 피씩하고 뭘 내뿜는⋯⋯ 화장실에 들어갈 때마다 그런 게 있어. 너한테만 말해줄게. 그들이 우리를 가스로 질식시킬 거야."

"절대 아니에요, 미쉬카 할머니, 주위에 향기를 뿜어내는 장치에요."

"냄새가 끔쩍도 않은데, 믿으렴. 그러니까 위기를 좋게 하는 향기가 아니래도. 가서 한번 보렴, 집에 갈 때 말이다."

"가볼게요, 원하시면요. 그런데 별것도 아닌 일로 걱정하시네요. 여기서는 안전해요, 아시지요?"

"네가 그렇게 말한다면야."

○

미쉬카는 못된 원장 앞에 서 있다.

이 여자의 표정과 딱딱한 태도는 이것이 악몽임을 명백하게 보여주지만, 그 순간 미쉬카는 그 사실을 확신하지 못한다.

원장은 단호한 어조로 약간 성급하게 말한다.

"팔을 들어 올릴 수 있겠어요, 셀드 부인?"

미쉬카는 시키는 대로 한다.

"더 위로!"

미쉬카는 두 팔을 하늘로 들어 올린다.

"여기 온 이후로 유연성이 많이 떨어졌네요, 셀드 부인. 엄청나게. 자주 있는 일이죠. 그럴수록 더 부인에게 얘기해주고 싶어요. 사람들이 시설에 들어오자마자 이렇게 눈에 띄게 무너진다고요, 그렇지만 우리가 연민을 느낄 거라 생각지는 말아요. 우린 시간이 없어요. 아시겠지만, 대기자 목록은 길어요. 그러니까, 요점을 말씀드릴게요. 화장실에 가고, 옷 입는 것을 혼자 못하면⋯⋯."

"아, 아니에요. 혼자 옷을 입을 수 있어요."

"앞으로 더 오랫동안 말이에요. 다시 말씀드리죠. 화장실 가기, 옷 입기, 식사를 혼자 못하면⋯⋯."

"아, 아니라고요, 미안합니다만, 어쨌든 혼자서 밥도 아주 잘 먹어요."

"말이 점점 더 엉성해져요. 실어증, 착어증, 떠오르지 않는 단어, 칸이 아주 꽉 찼네요."

"보세요, 꿈속에서는 단어들이 부족하지 않아요. 꿈속에서는 제가 말을 아주 잘하잖아요."

"그건 부인 생각이고요. 아니면 우리를 그렇게 믿게 하고 싶은 거겠지요. 증거를 댈 수 있어요?"

"그거야 이렇게, 가령…… 제가 말하고 있잖아요, 아닌가요?"

원장은 웃기 시작한다. 악마 같은 웃음. 돌연 웃음이 잦아든다.

"그 이야기로 밤을 새우지는 않을 겁니다. 그다음 문제가 있어요, 돈을 내는 날짜가 언제죠?"

미쉬카는 당황스럽다.

"모르겠어요……."

"우리 시설에 있고 싶은가요?"

"아주 오래 있고 싶지는 않지만, 저는 소식을 기다려요. 이런 식으로 나갈 수 없어요, 아시잖아요."

"그러면 엄청난 노력을 해야지요. 첫째, 침대를 확실하게 정리하세요, 애들처럼 말고요. 둘째, 밀루 씨가 제안하는 프로그램에 참석하세요. 그리고 고집스럽게 거부하는 협동 프로그램에도요."

"아니에요, 저는 엄청나게 노력을 쏟고 있어요."

"충분하지 않아요. 셋째, 소등 시간을 지키세요. 넷째, 옷장에 있는 위스키를 꺼내세요."

"오…… 알고 있었어요?"

"저는 다 알아요, 셸드 부인. 독립적이지 못한 노인들을 수용하는 시설을 효율적으로 관리하기 위해서는 빈틈없는 정보는 기본입니다. 변명할 거리라도 있습니까?"

"죄송합니다, 저는 원장님을 화나게 할 마음은 없었습니다. 전혀요. 그런데 우리도 작은 것들을 숨길 수 있어야만 하지 않나요, 이해하세요? 살아가려면요. 우리 공간에서 혼자 소소한 일들을 할 수 있어야만 하지 않나요, 엄격하게 금지하지 않은 것들요. 조용히 있고 싶다면 문을 닫을 수도 있어야 하잖아요. 무슨 말인지 아시죠? 반항하는 것이 아니라고요, 로……."

"로스비프."

"원장님께 반항하는 게 아니에요, 로스비프 원장님. 그저 조금 더 자유롭고 싶은 것뿐이에요, 그게 아니면, 살아봐야 무슨 소용이겠어요?"

"아, 그거라면, 제가 묻고 싶네요, 셸드 부인! 그거야말로 진짜 질문이군요. 살아봐야 무슨 소용인가요?"

이 말을 남기고 원장은 멀어진다. 그녀의 발소리가 복도에서 울린다.

제
롬

그녀의 말투는 몇 주 만에 더 느리고, 더 들쑥날쑥하다. 때로는 말을 하다 말고 멈춰서 할 말을 완전히 잃어버리거나, 혹은 떠오르지 않는 단어를 포기하고 곧바로 다음 문장으로 넘어간다. 나는 그녀의 생각을 따라가는 법을 터득한다.

내가 졌다. 나는 그 사실을 안다. 나는 이렇게 상황이 확 달라지는 지점을 안다. 그 원인은 모르지만, 결과만은 가늠한다. 싸움에서 졌다.

그렇지만 포기해서는 안 된다. 절대 그럴 수 없다. 그렇지 않으면 더더욱 나빠질 것이다. 끝없이 추락할 것이다.

싸워야만 한다. 단어 하나 하나. 필사적으로. 아무것도 양보

해서는 안 된다. 자음 하나, 모음 하나도. 언어가 없다면, 과연
무엇이 남을까?

○

우리는 10분 정도 연습했다. 그녀는 순순히 따라했지만, 한계에 다다른 듯 보인다.

"그만할까요, 미쉬카 할머니?"

"소용없어요."

"아닙니다, 제가 약속해요, 도움이 돼요."

잠시 그녀는 말 한마디 없다. 이제 나는 그녀를 안다. 그래서 이 침묵이 끝나면, 종종 추억이나 비밀스러운 이야기가 뒤따를 것임을 안다.

"정말 아쉬워요. 그러니까…… 제가 그 생각을 아주 많이 해요……. 밤마다. 신문에 벽보를 냈거든요. 그런데 답이 없어요. 저는 그분들을 생각해요. 상상해봐요. 3년…… 아무 말도 없이…… 모를 일이잖아요……. 정말 위험했죠, 아시죠……. 그분들도…… 그려갈 수 있었어요……. 그분들도 마찬가지로요……. 정말 위험하죠……. 그런 게 있었어요……. 작은…… 감이…… 물이…… 그건 기억나요……. 개 한 마리…… 몇 가지가…… 그렇게…… 아주 분명하게…… 정말로…… 아주 많이…… 그분들에게 말했으면 좋겠는데. 정말 아쉽네요……."

"죄송해요, 미쉬카 할머니, 잘 이해를 못하겠어요. 부모님 말씀하는 건가요?"

"아니요, 부모님은…… 그분들은…… 연기로."

"화장했다고요?"

"더 센 거요."

잠시 그녀를 바라본다. 그녀의 턱이 떨리기 시작했다.

"부모님을 잘 아세요?"

"많이 그렇게는 아니에요."

"미쉬카 할머니, 몇 년 생이세요?"

"1935년."

"부모님이 강제수용소에 끌려갔나요?"

그녀가 그렇다고 한다. 얼굴에 갑작스레 슬픔이 몰려온다. 꺼낼 수 있는 말은 이제 하나도 없다.

"돌아오셨나요?"

그녀는 아니라고 고개를 젓는다.

그녀는 자리에서 일어나 욕실 쪽으로 간다.

그녀는 지팡이를 짚지 않았다. 방을 속속들이 알고 있다. 매번 짚는 곳을. 오른손, 왼손.

나는 말 한마디 하지 않는다. 기다린다.

물 내리는 소리를 듣는다.

몇 분이 지나, 그녀는 욕실에서 나와 다시 의자에 앉는다. 내게 미소 짓는다.

"그 애는 자주 못 와요, 아시죠. 임신 때문에."

"마리요?"

"네. 의사가 그랬대요⋯⋯. 너무 많이 이송하지 말라고."

"아마도 진통이 있겠지요. 아기를 위해서 위험을 감수해서는 안 되죠. 다행히 당빌 부인이 부인을 뵈러 가끔 오시잖아요."

"맞아요, 그리고 아르망드도 있고, 내가 꽤 좋아하죠. 식당에서⋯⋯ 옆면에 있어요."

"아, 알아요. 그분 되게 활동적으로 보이던데요."

"아르망드는 모든 프로그램에 참수해요, 그런데 저는⋯⋯ 저는⋯⋯ 너무⋯⋯."

"맞아요, 그분은 많은 프로그램에 참석하세요. 그건 그렇고, 미쉬카 할머니, 어쨌든 할머니가 되시겠어요!"

"그렇네요, 그렇게 생각한다면. 아시죠, 이상해요⋯⋯. 뭐라고 말해야 할지⋯⋯. 그런 게 있어요⋯⋯. 어떤⋯⋯ 무슨⋯⋯ 동그라미 같은거라 해야 하나? 그게 아니면⋯⋯ (원이나 사람이 모여 있는 것을 떠올리게 하는 몸짓을 한다.) 초금씩 형태를…… 만드는…… 아시겠어요?"

"좀 더 말씀해주세요."

"그게…… 직각들요, 서로 서로를 한 자리에 넣는 건데, 서로 모으는 거, 마치…… 퍼, 퍼, 퍼……."

"퍼즐요?"

"맞다, 그거요. 화력을 주죠, 적절한 시간에. 미련에 부딪쳐 고통스러울 때……. 전부 너무 어수선하게 되잖아요. 알아들어요?"

"그런 것 같아요, 네."

"그건 그렇고, 마리는 아직 못 알아봤죠?"

"만났냐고요?"

"맞아요."

"아니요, 못 만났어요. 마리는 주중에는 아주 가끔 오고, 저는 말씀드린 것처럼 주말에는 안 오잖아요."

"마리랑 같은…… 건물에서 살았다는 거 알죠, 마리가…… 어렸을 때."

"네, 미쉬카 할머니, 많이 얘기하셨어요. 처음에 여기 오셨을 때."

"내가 얘기했다고요?"

"네, 첫 번째 시간부터요. 마리에 대해 말했어요, 그리고 할

119

머니네 집 위층에 살았던 아이라고도 설명했어요. 할머니가 많이 돌봐주었던 아이라고요. 그리고 당빌 부인 얘기도 했어요. 건물의 수위였는데, 이곳에 할머니를 뵈러 정기적으로 들른다고요."

"맞아요, 초콜릿을 갖고. 정말 진…… 친절한데. 당빌 부인이 나한테…… 매일…… 진…… 알죠? 매일 아침마다. 비가 오거나, 눈이 오거나. 매일 아침마다 허루를 시작하기 전에."

"전화한다고요?"

"네, 맞아요. 내가 여기 오기 전에도 그랬어요. 매일매일 확인하려고 잠깐 진화를 했어요. 상상이 가요?"

"네, 아주 친절하시네요, 정말로요. 당빌 부인은 그 건물에 계속 사세요?"

"아니요. 후퇴했지요. 그리고 떠났어요……. 바깥으로……. 녹지가 있는 데로. 마리는 당빌 부인 집에 갔었대요. 나는 갈 수 없었는데. 어쨌든 당빌 부인은 우리 집에는 왔었어요."

"그러면 마리의 부모님은요?"

"아빠가 누군지 몰라요. 그리고 엄마는…… 젊었어…… 아주…… 슬퍼 보였지요……. 가끔 하루 내내 문을 닫고 지냈어요……. 침대에서 나오지도 않고……. 자고 또 자고, 하루 종일, 이불을 뒤집어쓰고, 문이란 문은 다 닫고, 눈도 감고, 그런데

120

가끔 해고도 없이 그렇게 가버렸지. 처음에는 밤에만 안 오더니, 나중에는 며칠 동안 안 들어왔어요."

"집을 나갔다고요?"

"그래, 그거예요."

이 기억이 그녀를 뒤흔들고 있음을 느낀다. 그녀는 과거를 털어놓는 일이 드물다.

"나는 마리를 거물에서 봤어요. 엄마와 같이 있거나, 혹은 혼자만 있는 걸. 마리는…… 인형을 들고 있거나, 아니면…… 플라스틱으로 만든 뭘 갖고 있었어요. 한번은 내가 밖에 나간 날이었어요, 공원에…… 아주 추운 날이었어요. 마리는 엄마랑 같이 있었지요, 둘이서 산……."

"산책요?"

"맞아요, 그런데 마리가 화투를 안 입었어요."

"외투요?"

"그래요, 외투를 안 입었어요. 그리고 그 애 엄마는 아이에게 얘기를 하고, 또 얘기를 하더라고, 애 엄마는 아이에게 성냥하게 대했지요, 그런데 엄마는 그걸…… 모르는 것 같았어. 추위 말이에요. 그래서 마리에게 내가 입고 있던 두둑한 스웨터를 줬어요. 그리고 '오고 싶을 때 오럼' 하고 말했지요."

"마리가 할머니를 알아봤어요?"

"그럼요, 확실하지요. 자주…… 계단에서 봤었거든요."

"그래서 마리가 왔어요?"

"며칠 지나서 왔어요, 마리가 노크를 했어요. 나는…… 아주…… 그런데 제가 뭘 할 수 있었겠어요? 마리는 저녁을 먹고는 돌아갔어요. 그다음에 마리가 또 왔어요…… 아주 자주…… 자려도 왔어요. 그러더니 내 집에서 거의 종일 있었어요."

"할머니가 사회 복지 시설에 알리지는 않으셨나요?"

"아니. 생각은 했었지만, 그 단어를 생각했어요, 알잖아요……. 그 말…… 두렵게 하는."

"무슨 단어요, 미쉬카 할머니?"

"몰래 알려주는 거를…… 도사로…… 동사으로…… 동사로."

"고발하는 거요?"

"맞아요. 고발하다. 할 수 없어요. 알잖아요. 그럴 마음이 안 들었어요……. 그 애 엄마, 그 사람은 나가려고만 했고, 완전…… 알아듣죠? 가끔 애 엄마도 우리 집에 잠을 자러 왔어요. 어떤 날에는 아주 괜찮아 보였고, 가끔 며칠 동안 그런 적도 있었죠. 그럴 때면 애 엄마가 아이를 돌봤어요."

"그런데 지금은요?"

"애 엄마는……. 죽었어요. 마리가 갓 정년이 되었을 때요."

"성년이요?"

"맞아요……. (그녀는 떠오르지 않는 단어를 찾는다.) 자동차……."

"사고요?"

"맞아요."

"그래서 그때부터 할머니가 마리를 돌봤어요?"

침묵이 우리를 감싼다.

"전부 고통스러운 기억이죠, 미쉬카 할머니, 그렇죠?"

"그렇지요, 어쨌든 지금은, 이게…… 다른…… 알죠? 거의…… 다린 거예요."

"물론 알지요, 지금은 마리가 임신했는데도, 괜찮으니, 좋지 않으세요, 그렇죠?"

"그런데 내가 말할 수가 없잖아요."

"누구에게요?"

"아기에게. 그러니까…… 얘기할 수가 없다고, 하…… 하…… 아, 조금 전에 선생님이 말했는데."

"할머니요?"

"맞아요, 할머니처럼."

"왜 할머니처럼 말을 할 수 없어요?"

"너무…… 삐져나가서…… 게다가 많이 빈곤해요. 선생님

123

은 어떠세요?"

"아니요, 저는 괜찮아요. 미쉬카 할머니. 안 피곤해요. 할머니는 당연히 그러시겠죠, 오늘 말씀 많이 하셨어요. 그런데 최근에 조금 우울해 보이시는데, 제가 잘못 본 걸까요?"

"정소하는 분이 슈프레트를 주고 갔어요."

"치즈요?"

"아니……."

그녀는 약간 장난기 있게 엄지와 검지를 붙여 만든 구멍 사이로 나를 바라본다.

"사탕이요?"

"아니…… 이렇게 생겨서…… 슈…… 슈에트."

"슈케트요?"

"맞아요, 바로 그거예요! 하나 드실래요?"

"작은 거 하나 주세요, 기꺼이 먹어야죠. 그럼 오늘은 이만하시죠, 괜찮죠?"

"그런데 아이가 있어요?"

"아니요, 미쉬카 할머니, 아이를 갖고 싶긴 했지만, 애 낳기도 전에 이혼했어요."

"그래요? 그럼 만나는 새사람이 있어요?"

나는 웃음을 참을 수 없다.

"정말 호기심이 많으시네요, 미쉬카 할머니! 아니요, 완전 새사람은 없어요, 솔직히 말하면요."

"그러면 선생님 아버지는……."

"아, 오래전에요."

잠시 우리는 서로 마주 본다. 나는 미소를 지어 보인다.

"내가 생각을 좀 해봤어요. 아마도 선생님은…… 편지를 써야 할 거예요…… 그게 교시가…… 표시가 될 겁니다."

"생각해볼게요. 미쉬카 할머니. 왜 그렇게 제 아버지 문제를 걱정하시는 거죠?"

"그건 선생님이잖아요."

"아니, 제가 무얼요?"

"역정은 선생님이 하시죠."

"아니요, 아닙니다. 신경쓰지 마세요. 그건 그렇고 약 문제는 해결되었어요?"

"네, 잘되었지요. 미리…… 저한테…… 22시를…… 잘 해결되었어요."

"자, 그럼 전 가볼 테니 쉬세요. 목요일에 뵐까요?"

○

나는 언어치료사다. 말과 침묵, 말해지지 않은 것들과 일한다. 수치심과 비밀, 회한과 일한다. 부재와 사라진 기억들, 그리고 이름, 이미지, 향기를 거쳐 되돌아온 기억들과 일한다. 나는 어제와 오늘의 고통과 일한다. 속내 이야기들과.

그리고 죽는다는 두려움과 함께.

이런 것들이 내가 다루는 일이다.

그런데 계속 나를 놀라게 하는 것, 심지어 경악하게 하는 것, 때로는 숨이 멎을 정도로 놀라게 하는 것 — 십 년도 넘게 이 일을 한 지금도 여전히 — 은 바로 어린 시절 고통이 지속된다는 점이다. 세월이 흘렀음에도 생생하게 타오르는 흔적. 그것은 지워지지 않는다.

나는 나이 든 환자들을 바라본다. 그들은 일흔 살, 여든 살, 아흔 살이다. 그들은 오래전 기억들을 들려준다. 옛 시절, 조상들의 시절, 역사 이전의 시절을 이야기한다. 십오 년, 이십 년, 삼십 년 전에 그들의 부모가 죽었지만, 그들이 아이였던 시절 받은 고통은 여전히 그들 안에 남아 있다. 어린 시절의 고통이 그들의 얼굴에서 읽힌다. 그리고 그들의 목소리에서 저절로 들린다. 맨눈으로도 그 고통이 그들의 몸과 혈관을 때리는 것을 본다. 닫힌 공간에서 순환하며.

o

　바로 그날, 내가 도착했을 때, 그녀는 엄청나게 불안해하고 있다. 그녀는 방 중앙에 서 있고, 격앙된 감정에 휩싸여 눈에는 눈물이 고여 있다. 그녀의 방은 평소와 다르게 어질러져 있다. 마치 그녀가 가구를 옮겨보려다 끝내지 못하고 그만둔 것 같다.

　나는 노크하고 발소리를 내지 않고 걸어 들어간다.

　"안녕하세요, 미쉬카 할머니, 좀 어떠세요?"

　"아무 일도 없어요."

　"제가 보기에 화가 나신 것 같아요, 잘못 본 건가요?"

　"군인이야. 그냥 조크도 없이 아구 들어와서, 매번 전부 다…… 지우려고 해."

　"요양보호사요?"

　"맞아요."

　"노크도 안 하고 들어와요?"

　"그래요."

　"그분과 얘기를 해보세요, 미쉬카 할머니. 정리정돈도 마찬가지고요. 그랬는데도 그분이 할머니 요구를 안 들어주면, 원장님과 말씀해보세요."

그녀는 안락의자에 앉는다.

"그런데 나는 이제 말을 제대로 끝낼 수 없어요, 그러면 그 사람이 내 말을 못 알아들어요. 심지어 내가…… 그러니까…… 거기…… 있을 때도, 그렇게 들쑥 들어와."

"제가 얘기를 할까요?"

"아니, 아니, 절대 그러지 말아요. 그 사람이 화낼 거예요. 그런데 선생님은 어때요? (그녀는 나를 꼼꼼히 살핀다.) 우울해 보이시는데요."

노인들은 아이들 같다. 그들 앞에서 아무것도 감출 수 없다.

"정말요? 그렇게 보여요? 아니에요, 별일 없어요. 안심하세요."

"말하는 게…… 정말 어수선해서…… 피곤해요, 아시죠."

"알지요, 미쉬카 할머니."

"지난번에…… 내가 뭘 했는데…… (그녀는 손으로 머리를 가리키며 우스운 몸짓을 해 보인다.) 선생님한테 그 얘기를 하고 싶었는데…… 그런데 너무 오래전이라."

"꿈요?"

"맞아요, 그런데 못된 꿈이었어요."

"악몽을 꾸셨어요?"

"맞아요, 큰…… 대장이 나왔는데…… 나를 막…… 쫓아내

버리고 싶어 했지."

"요즘 불안해 보여요, 미쉬카 할머니, 요양보호사들과는 얘기 해보셨어요?"

"아니, 못해요……. 군인들에게 약한 모습을 보여줄 수 없어요……. 절대 안 돼요."

그녀는 방 안을 조금 돌더니, 다시 내게로 돌아온다.

"선생님한테 말하고 싶었어요……."

"말씀하세요."

"그게…… 있었던 게 더는 아니어서요. 많이 내려갔어요……. 게다가 저도 잊어버렸고요……. 그래서 전부…… 놀라고…… 길을 잃고. 그게…… 두려워요."

"그래서 두려우세요?"

"네. 그런데…… 춥기도 하고."

"마리가 할머니 뵈러 와요?"

"아니, 끝났어요. 마리는…… (그녀는 손으로 수평선을 만들어 보인다.) 의사가……."

"마리는 누워 있어야만 한대요?"

"맞아요."

"얼마 동안요?"

"꽉 채워서."

"출산할 때까지요?"

"그렇죠."

"아, 그것 참 난감하네요. 어쨌든 아기가 건강해야 하니까요. 그래도 마리가 할머니에게 자주 전화하잖아요, 분명 그럴 거 같은데요. 안부를 전하려고."

"맞아요, 그런데 저는…… 안 돼요."

"전화가요?"

"네, 너무 멀어요."

"이해해요. 어쨌든 아주 오래 걸리지는 않을 거예요. 나중에 마리가 할머니를 뵈러 다시 올 거예요. 어쩌면 출산 전에라도요. 조금만 연습해볼까요, 어떠세요?"

"그냥요."

"오늘은 제가 새로운 것을 해보려고 몇 가지 물건을 가져왔어요. 무엇에 사용하는 물건인지 답하시고요, 그다음에는 어떻게 사용하는지 설명해주세요, 아셨죠?"

"그냥요."

그녀는 호기심을 갖고 내가 가방에서 꺼낸 물건을 살핀다. 나는 몇 가지 물건 중 편지지 묶음을 꺼내 눈앞에 놓는다.

"아, 이건…… 연지…… 편지 쓸 때."

"아주 좋아요, 그런데 하나 더요……."

"그러니까…… 눈치."

"뭉치, 맞아요, 이걸로…… 무엇을 하죠?"

그녀는 몸짓으로 쓰는 시늉을 하지만 단어를 찾지 못한다.

내가 이어간다.

"편지를 쓰기 위한 거죠."

"맞아요."

"그러면 어떻게 쓰는지 제게 설명해주세요."

"한 장을 집고…… 그리고 그걸…… (그녀는 볼펜 뚜껑을 여는 흉내를 낸다.) 열어요, 그리고 자, 이렇게."

"아주 좋아요. 저를 잘 보세요. 제가 쓰기 전에 무엇을 하지요?"

"그어요……. 즈…… 줄을……."

"그렇죠, 똑바로 쓸 수 있게 종이에 줄을 그어요."

"맞아요."

"그다음에 편지를 다 쓰고 나면, 무엇을 하지요?"

"그 안에 그걸…… 넣는데."

"어디에요?"

"보…… 보…… 보루?"

"봉투요. 그다음엔 어딜 가죠?"

"우체국."

"아주 좋아요."

"그런데 선생님은요?"

"저, 뭐요?"

"편지를 썼나요?"

"무슨 편지 말씀이세요, 미쉬카 할머니?"

"아버지에게요."

"참 집요하세요, 머릿속에는 다음에 뭘 하실지 이미 결정하고 계시니."

그녀는 아이처럼 우쭐한 기색을 감추지 못하고 드러낸다. 나는 미소 짓는다.

"아니요, 미쉬카 할머니, 아직 아니에요. 좀 지나봐야죠. 말이 나온 김에, 오늘은 글자 쓰는 연습을 좀 해보실래요? 미쉬카 할머니도, 분명 오랫동안 글을 쓰지 않았을 것 같아요. 편지지에 마리에게 할 몇 마디를 적을 수 있을 거예요. 마리가 기뻐할 거예요, 그렇지 않을까요?"

"그렇긴 하지만…… 그걸…… 가지고…… 저거 말고."

"볼펜 말고요?"

"그래요. 지울 수 있는 거요."

"연필 말씀이세요?"

"맞아요."

"제게 한 자루 있을 겁니다."

가방에서 연필 한두 자루를 찾아서 할머니에게 내민다.

"그리고 기우개도."

"지우개요?"

"네."

"아, 그건 저한테 없어요."

"나한테 있어요. 서랍을 한번 봐요."

(손으로 그녀는 머리맡 탁자를 가리킨다.)

"서랍요?"

"맞아요."

"할머니 서랍에서 지우개를 가져다드려요?"

"그래요. 쇠로 만든 것 속에 있어요."

할머니가 책상에 자리를 잡는 동안 나는 머리맡 탁자에 다가간다.

서랍을 열자, 그 안에서 세월의 녹이 들어 골동품 상인들이나 좋아할 만한, 쇠로 만든 오래된 상자 두 개를 발견한다. 나는 첫 번째 상자를 연다. 50개의 노란색 작은 알약들이 그 안에 담겨 있다. 뒷걸음질을 치다 전부 쏟을 뻔한다. 미쉬카 할머니는 아무것도 보지 못했다. 나는 다시 상자를 닫는다. 심장이 훨씬 더 빠르게 뛴다. 두 번째 상자에는 예상대로 클립과 스테이플러 심과 지우개가 들어 있다.

나는 지우개를 집고, 조심스레 뚜껑을 다시 덮는다. 그리고 서랍을 닫는다. 그녀는 종이 위로 몸을 숙인다. 떨리는 필체로 몇 단어를 써보려 애쓴다. 한 손은 종이 위에 올려놓고, 다른 손은 연필을 쥐고 있다.

나는 말 한마디도 할 수 없다.

상자 안에 있던 그 많은 알약.

적어도 오십 알, 어쩌면 그보다 더 많을지도.

간호사들 몰래 간직한.

몇 주 전에 내가 있었을 때 나누던 대화가 떠오른다.

그러니까 수면제다.

종이 위에 미쉬카 할머니는 이렇게 썼다. '사랑하는 마리에게.'

이제 그녀는 연필을 들어 올리고 기다리고 있다.

그녀가 나를 바라본다. 그녀는 종이 때문에 위축되어 있는데, 그다음을 이어가기 위해 내가 필요하다. 나는 고개로 끄덕이며 그녀를 격려한다. 그녀는 글을 써나간다.

나는 그녀 옆으로 다가간다.

말을 하기 전에 잠시 머뭇거린다.

"미쉬카 할머니, 저 좀 보세요."

그녀는 마치 받아쓰기를 하다가 제지당한 아이처럼 고개를 쳐든다.

"22시 약을 갖고 계세요?"

"내가요?"

순진함으로 위장한 할머니를 바라보며 두 팔로 그녀를 안아주고 싶은 참을 수 없는 욕구가 밀려온다.

"지우개를 찾으려다가 제가 실수로 다른 철통을 열었어요. 제가 본 것을 알고 계시죠, 미쉬카 할머니, 그렇죠?"

그녀는 잠시 머뭇거린다. 나는 그녀를 안다, 이제 아주 잘 안다. 심지어 내가 그녀의 생각을 읽을 수 있다고 믿고 싶을 정도다.

"기다려봐요. 얘기해줄 테니…… 그건 바로…… 사유롭기 위해서…… 이해하세요?"

"자유롭기 위해서요?"

"그래요. 자유, 맞아요. 바로 아시네요. 떠날 수 있게…… 아직 기간이 남아 있다면요."

우리는 한참을 소리 없이 있다.

"말하지 않을 거죠?"

"생각해볼게요, 미쉬카 할머니."

○

　미쉬카는 자신을 기분 나쁘게 쳐다보는 못된 원장 앞에 서
있다. 원장에게서 연민이라고는 눈곱만치도 찾을 수 없다.

　"셸드 부인, 이런 얘기를 하게 되어 유감입니다. 며칠 전에
부인이 부정행위를 저지르고, 게다가 공공기물마저 전부 부인
개인 소유로 했다고 아주 정확하게 언급한 고발장을 받았습니
다."

　"정말요? 대체 누가 그런 짓을 했죠?"

　"그게 누군지는 하나도 중요하지 않아요. 옆방이든, 방문객
이든, 간호사 혹은 당신 친구 그레이스 켈리든요! 부인 선풍기
나 스테레오라디오로 구슬린 요양보호사가 그랬을 수도 있죠!
인간의 영혼은 그렇게 만들어지잖아요, 셸드 부인, 부인의 출
신 성분을 생각해보면, 부인도 잘 아실 것 같은데요. 설마 상황
이 변했다고 믿는 건 아니죠? 사람들은 몇 가지 가구를 얻기
위해서나, 전망 좋은 방을 위해서라면 뭐든 할 수 있답니다."

　"아시다시피 제겐 대단한 게 없어요. 이곳 체류비를 지불하
기 위해 아파트도 팔았어요. 제게 남은 것이라곤 반지 하나, 그
리고 얼마 안 나가는 라디오뿐입니다."

　"그렇게 말하죠. 다들 전부 털어놓은 거라고. 그런데도 비상

금이 나오더라고요. 뭐 그 얘기를 하자는 건 아니고요. 우리가 무슨 이야기를 해야 할지 아주 잘 아실 것 같은데요."

"위스키 때문인가요?"

"순진한 척하지 마시라고, 말하고 싶군요."

"전 모르겠어요."

"아 그래요? 정말 확실해요? 당신 서랍에 있는 것을 노령 보험과 장례 조합에 즉시 알리지 못할 거라고 생각하나요, 셸드 부인? 머리맡 탁자 서랍 말이에요."

미쉬카는 입을 다문다. 잘못을 알아챘다.

원장은 그녀에게 차가운 어조로 말한다.

"그렇게 때려칠 수 있을 거라고 생각해요? 부인의 자리와 임무를 팽개치고! 부인이 결정할 수 있다고 생각해요? 당신 같은 사람이 이런 일을 벌이리라고는 정말 상상도 못해봤네요. 부인이 우리 시설에 어울린다고 생각해서 우리는 부인을 선정했어요. 끝까지 싸울 준비가 되었으리라고 생각했기 때문이라고요. 왜냐하면 우리가 요양원에 계신 분들에게 기대하는 것은 이런 거니까요. 호전성, 집요함, 완강함. 우리는 언제나 회전율에 맞서 싸워요. 수익성의 문제지요. 부인이 벌이려는 일을 아주 잘 알고 있어요, 나를 바보 취급하지 말아요. 당신 서랍 속에 무엇이 있는지 알고 있고, 그걸 어떤 식으로 사용하려 하는지도 알아요. 그게 바로 위스키를 간직하고 있는 이유겠죠!
신나게 섞어봐요…… 수치스럽다는 말밖엔 할 말이 없군요."

"그러지 않을 거예요. 아니 어쩌면…… 아니 절대로요. 어쨌
든 당장 그러지는 않을 거예요."

"아 그러세요? 그런데 무슨 근거로 부인을 믿으라는 거죠?"

"제가 바라니까요."

"무엇을 바란다는 말이죠?"

"그분들을 찾기를요. 떠날 수 있게."

"그 생각을 미리 했어야죠."

"저는 그럴 수가 없었어요."

"대체 무슨 소린가요?"

"복잡해요. 아주 단순하기도 하고요."

미쉬카는 자리에 앉는다. 그녀는 자신의 추억들을 모아보
려 애쓴다. 이제 원장을 바라보지 않는다. 그녀는 이야기를 시
작한다. 이내 미쉬카는 원장이 아니라, 자신 혹은 이제 그곳에
없는 누군가에게 말한다.

"저를 찾으러 왔던 사람은 엄마의 사촌이에요. 저는 열 살
이었는데, 전에는 그분을 한 번도 본 적이 없었어요. 전쟁 때
그분은 친구들이 있는 스위스에 무사히 도착했죠. 전부 다시
시작해야 했어요. 잿더미와 고통 속에서요. 그분은 저를 입양

했어요, 다른 선택이 없었으니까요. 우리는 거기에서 살았어요. 부모님은 수용소에서 돌아가셨다고 했어요, 그게 전부라고. 그분도 말을 할 수 없었겠죠. 그분은 애초에 아무 일도 없었다는 듯이 행동했어요. 아마도 수치심 때문이었겠지요. 당신은 수치심이 무엇인지 모르겠죠. 슬픔도 모를 테고요. 그분은 살아남았고, 나머지는 모두 죽었어요. 세월이 한참 흘러 제가 찾아봤어요. 다른 분들의 흔적을 찾아냈죠. 그분들이 겪었던 사건과 그분들이 거쳐 간 곳들을 알아봤어요. 드랑시°와 아우슈비츠요. 그런데 또 다른 기억들이 떠오르는 거예요. 기억들은 점점 더 자주 떠오르고, 심지어 제 안에 달라붙어 사라지지 않았어요. 제가 들었던 이야기와는 전혀 다른 희미한 기억들이었죠. 흐릿해져가는 알 수 없는 얼굴들, 함께 해수욕을 했던 강, 가시덤불이 우거진 집 뒤의 작은 숲, 빨래를 담가두었던 거대한 대야같이, 이야기가 되지 못한 그런 모든 이미지요. 전부 다 한번도 존재하지 않았던 것 같았어요. 픽션 같았어요. 제가 꾸며냈을지 모를 꿈 같았어요. 질문들은 고통만 안겨줄 뿐, 결코 대답을 찾을 수 없으리라는 사실을 저는 깨달았어요. 침묵을 받아들였죠. 엄마의 사촌은 저를 의무감으로 길렀어요. 돈

○ 파리 북쪽에 위치한 도시로 2차 세계대전 당시 프랑스에 거주했던 유대인들 중 거의 대부분이 아우슈비츠로 떠나기 전에 임시로 머물렀던 수용소이다.

도 많이 없었지만, 제 학비를 대주셨죠. 제가 성년이 되자, 그 분은 폴란드에 정착하기 위해 그곳으로 돌아갔어요. 그곳에 있던 사람들도 모두 죽었어요. 어쨌든 그분은 어린 시절을 보 낸 장소들을 찾았어요. 여러 번 거기에 그분을 만나러 갔었죠. 그분이 돌아가시기 얼마 전에 마지막으로 뵈었을 때, 결국 제 게 사실을 말해줬어요. 니콜과 앙리라는 젊은 사람들 이야기 를 해주었지요. 자신들의 목숨을 걸고 제 목숨을 구해준 사람 들요. 하지만 그분은 그 부부의 이름을 제대로 기억하는지 확 신하지 못했어요. 그런데 저는 갑자기 그 이름들을 듣자 친밀 하고 친숙한 울림이 느껴졌어요. 그곳에서 보냈던 삼 년에 대 해 그분은 거의 몰랐어요. 그저 그 부부가 늘 저를 자기들 딸처 럼 옆에 두고 길렀다는 사실밖에 몰랐어요. 그분이 돌아가셨 을 때, 저는 그 사람들을 찾아보려 했었어요. 그런데 저는 그 부부의 성을 몰랐어요. 돌아가신 그분도 잊어버렸다고 말했었 고요."

못된 원장은 그다지 흥미가 없어 보이는 미쉬카의 이야기 가 끝나기만을 기다리며 서성거린다.

"무슨 얘길 그렇게 길게 하나요."

"당신은 이해 못해요."

"아주 잘 이해해요, 셸드 부인. 부인은 자신이 빚을 지고 예

의를 지키지 못했다고 생각하죠, 당신 생각이 틀린 건 아니에
요."

"아니, 그런 게 아니에요. 다른 거예요. 훨씬 더 큰일이라고
요."

"어쨌든 너무 늦은 겁니다, 말했잖아요. 부인이 처음으로 빚
을 지고 떠나는 것도 아니잖아요! 어쨌든 이 점만은 아주 확실
합니다. 언제 당신이 떠날 수 있는지, 그건 말이죠, 바로 제가
결정해요."

○

나이가 든다는 것은 잃어버릴 줄 아는 것이다.

나이가 든다는 것은 매주, 아니 거의 매주 새로운 손실과 손상, 손해를 입는 것이다. 이게 내가 이해한 바이다.

그리고 이득이 되는 것을 적는 칸에는 이제 아무것도 실려 있지 않다.

어느 날부터 더는 달릴 수도, 걸을 수도, 몸을 숙일 수도, 몸을 굽힐 수도, 쳐들 수도, 당길 수도, 접을 수도, 돌릴 수도 없다. 처음엔 이쪽, 그다음에는 반대쪽으로, 앞으로도, 뒤로도 돌릴 수 없다. 아침에 안 되는 것은 저녁에도 안 되고, 아예 되지 않는다. 끝없이 익숙해진다.

나이가 든다는 것은 기억과 지표, 단어를 잃어버리는 것이다. 균형과 시력, 시간 개념과 잠, 청각, 그리고 정신을 잃어버리는 것이다.

주어졌던 것을, 쟁취했던 것을, 자격을 갖추고 있던 것을, 투쟁했던 것을, 영원히 가지리라 생각했던 것을 잃어버리는 것이다.

새로운 조건에 맞추는 것이다.

새로이 조직하는 것이다.

없이 하는 것이다.

고집을 부리는 것이다.

잃어버릴 것이 이젠 하나도 없는 것이다.

작은 것들부터 시작된다. 그리고 속도를 낸다.

그런 이유로 작은 것들이 생기자마자, 그들은 크게 잃어버린다. 덩어리째로.

그들은 최고치를 잃어버린다.

그리고 노력을 해봐도 — 매일 다시 원점에서 시작하는 투쟁이기에 —, 그들이 드러내는 강인한 의지에도 불구하고, 그들은 기다리는 일에서만은 아무것도 잃어버리지 않는다.

○

내가 노크했는데, 그녀는 답이 없었다.

점심을 먹고 아직 올라오지 않았을까 생각하며 복도에서 그녀를 찾아봤다. 그녀가 어디에 있는지 간호 보조사들에게 묻자, 그들은 할머니가 방으로 들어가는 것을 분명히 보았다고 했다.

나는 문 앞으로 돌아온다. 한 번 더 노크한다. 답이 없지만, 나는 문을 열고 조심스럽게 앞으로 나간다. 그녀는 안락의자에 앉아 초점 없는 눈으로 앞을 바라본다. 얼굴이 훨씬 더 초췌해 보인다. 그녀는 나를 향해 몸을 돌리더니 미소를 짓는다. 오랫동안 그녀를 보지 못했다. 그녀가 몸이 편치 않았기에, 몇 번의 약속을 취소해야만 했다. 잠깐 사이에 그녀가 포기해버렸다는 사실을 알아챘다.

주먹으로 배를 맞아도 이보다 고통스럽지 않으리라. 왜 이토록 고통스러운지 모르겠다. 눈물이 날 것 같다.

"안녕하세요, 미쉬카 할머니, 어떠세요?"

그녀는 내게 한 번 더 미소를 지어주지만, 대답은 없다.

"피곤하세요?"

고개를 살며시 움직이며 그렇다고 한다.

"원하시면, 다음에 다시 올게요."

그녀는 나를 보지만, 답은 없다.

"제가 좀 더 있을까요?"

"네."

나는 의자를 들고, 그녀 옆으로 다가간다.

"선생님께 하고 싶은 말은……. 그게…….”

그녀는 자기 앞에서 무언가 빠져나가거나 사라져버리는 듯한 몸짓을 한다. 무기력한 몸짓이 나를 뒤흔든다.

"전부…….”

"절대 아니에요, 미쉬카 할머니, 전부 사라지지 않았어요. 할머니는 몹시 피곤했을 뿐이에요, 그럴 수 있어요. 그렇지만 쉬셔야 해요, 그러고 나면 조금씩 다시 할 수 있어요."

"아, 아니요, 나는……. 그런데 선생님이…….”

"조금 더 있을게요, 걱정 마세요. 마리가 전화했나요?"

"네, 그런데…….”

똑같이 무력한 몸짓.

"저는…… 못…… 그러니까…… 해야 하는데…….”

"마리가 소식을 전하던가요?"

"네. 마리가…… 전…… 그런데 내가…… 이제…… 못해
서……. 너무…… 그리고 그때부터…… 맨날 해야 하는데……
너무 어…… 어수선해."

그녀는 죄를 짓은 듯 나를 바라본다.

"안심하세요, 미쉬카 할머니, 좋아질 거예요."

우리 사이에 침묵이 자리한다.

나는 놀이를 제안할 수도 있었다. 아니면 가방에서 노트북
을 꺼내서 그녀에게 이미지 몇 개를 보여주거나 음악을 듣게
할 수도 있었다. 그녀의 소녀 시절 유행하던 노래들을. 기억을
자극하기에는 아주 좋다. 요양원 사람들은 이런 방식을 정말
좋아한다.

그러나 나는 말없이 있는다.

때로는 상실이 남긴 허무를 책임져야만 한다.

분위기를 바꿀 생각을 버려야만 한다. 더는 할 말이 없음을
인정해야만 한다.

그녀 옆에서 그저 앉아 있어야만 한다.

그녀의 손을 잡아야만 한다.

우리는 그렇게 있는다. 그녀는 눈을 감는다. 나는 시간을 생
각하지 않는다.

그녀의 손바닥과 내 손바닥이 만나 따뜻해진다.

나는 그녀의 얼굴에서 밀려드는 평온을 감지한다.

몇 분 후, 결국 나는 자리에서 일어나고 만다.

"내일 다시 찾아뵐게요, 미쉬카 할머니."

문을 다시 닫으려는 순간, 그녀가 나를 부른다.

"제롬?"

그녀가 내 이름을 부른 경우는 아주 드물다. 대부분 이름을
기억하지 못하기에.

"네?"

"거마워요."

〇

　그녀가 말을 하려고 애쓸 때마다, 나는 마치 내가 그곳에 있는 것처럼 그녀의 말 한가운데에서 불쑥 나타나는 텅 비고, 메마른 거리, 황폐한 길들을 바라본다. 빛도 비추지 않고, 음산하고 단조롭게 이루어진 황량한 풍경들, 그리고 그곳엔 아무것도, 더 이상 아무것도 매달려 있지 않다. 세계 종말의 전경. 그녀는 문장을 시작하려 하지만, 시작부터 단어가 떠오르지 않는다. 그녀는 마치 구멍에 빠진 사람처럼 동요한다. 더 이상 표식도, 표지도 없다. 왜냐하면 이 불모의 땅을 넘어설 수 있는 길은 어디에도 없을 터이기에. 말들은 사라졌고, 그 말들이 돌아서 가게 할 수 있는 이미지도 하나 없다. 꼼짝할 수 없는 패배로 질식한 그녀의 목소리는 무너져 내린다. 알 수 없는 장애물들이 길목을 막는다. 끔찍하고 음산한 덩어리들이. 더 이상 아무것도 공유되지 않는다. 그리고 그녀의 시도는 매번 바닥 없는 우물 속으로 떨어지고, 그 안에서 아무것도 결단코 찾아낼 수 없으리라. 그녀는 나의 시선에서 어떤 표시를, 열쇠를, 돌아갈 길을 찾는다. 그러나 내 시선은 아무런 도움도, 그 어떤 우회로도 제시하지 못한다. 길이 막혔다.

　교환하던 줄이 끊긴다.

침묵이 그녀를 앗아간다. 그리고 이제 무엇도 그녀를 잡지
못한다.

마
리

　　　나는 그녀에게 미리 전화하지 않았다. 전화
통화는 몹시 불완전하고, 당혹스러운 일이 되어, 매번 끔찍한
실패의 뒷맛을 남긴다.

　　익숙해질 시간을 그녀에게 주기 위해 나는 천천히 방 안으
로 들어간다.

　　그녀는 창문 옆에 서 있다. 머뭇거리며 불안해하는 순간에
마치 내가 그녀를 놀라게 하기라도 한 듯, 그녀는 안락의자와
침대 사이의 대수롭지 않은 공간 한가운데 꼼짝하지 않고 있
다. 단 몇 주 만에 그녀가 그토록 변했다는 사실이 나를 당황스
럽게 하고, 심지어 괴롭게 만든다.

　　그녀는 나이가 들었다.

이번엔 정말 그렇다.

얼굴은 움푹 들어갔고, 피부색도 전과 같지 않고, 몸은 홀쭉해지고, 정신은 더 불안정해 보인다. 그녀의 모습 때문에 내가 조금이라도 고통스러워하는 모습을 보게 해서는 안 된다. 놀라움이나 두려움을 보여서도 안 된다. 단지 슬쩍 뒷걸음치는 것 외에 나의 몸은 그 어떠한 것도 드러내지 않아야 한다. 미소를 유지하며 그녀를 향해 걸어간다.

그녀는 믿을 수 없다는 듯이 나를 바라본다. 그녀는 정신을 차리지 못한다.

사전 경고가 없을 때 어떤 정보가 그녀의 뇌에 도달하기 위해 이동해야만 하는 경로를 가늠해본다. 여기 있는 사람이 바로 나이고, 내가 그녀에게 다가가고 있다는 정보 말이다.

"오, 이런, 마리야…… 그런데 의사는?"

그녀는 튀어나온 내 배를 보고 놀라며, 감동한다.

우리는 포옹한다. 그녀는 비틀거리지 않으려고 침대 가장자리의 보호대를 짚는다.

"저는 집에서 아침부터 저녁까지, 저녁부터 아침까지 내내 누워만 있어요. 이러다간 미칠 것만 같더라고요, 그래서 빠져나와야겠다고 작정했죠! 할머니가 보고 싶었어요."

"그…… 그러니까…… 젊은…… 제…… 네게 소식을 준 게 그 남자니?"

"네, 제롬 밀루 씨가 전화했어요. 일주일간 휴가를 간다고, 요즘 할머니가 좀 우울해 보인다고, 그래서 휴가를 떠나는 게 불안한데, 당빌 부인마저 감기에 걸려서 일주일째 면회객이 없다고 말해줬어요. 당빌 부인이 감기 걸린 건 알고 계세요?"

"아…… 그래도…… 그러면…… 그럼에도…… 너는, 조심…… 해야 하는데."

"앉으세요, 미쉬카 할머니, 잠시만 있다 갈 거예요. 그리고 저도 앉아야만 해요. 걱정 마세요, 저 택시 타고 왔고, 갈 때도 택시로 갈 거니까요. 그리고 이번 주부터 아기는 이제 위험하지 않대요. 예정보다 일찍 출산하게 되더라도요."

그녀는 자리에 앉는다.

"아, 잘됐구나."

나는 그녀를 바라본다. 우리는 감정이 북받친다.

"미쉬카 할머니를 보니까 정말 좋은걸요!"

"나도 그래. 같아."

"많이 지겹지는 않아요?"

"조금…… 어쨌든 많이 그렇게는 아니야."

"제가 생각을 좀 해봤는데요, 할머니가 이젠 읽을 수 없으니까요, 오디오북과 CD플레이어를 가져다드릴까 해요. 정말 잘 만든 것들이 많아요."

"아니야…… 아니…… 너무 어수선해."

"뭐가 어려워요? 음반 듣는 것이요?"

"아니…… 그…… 기계."

"CD플레이어요? 아니에요, 보면 아실 거예요. 그렇게 복잡하지 않아요. 커다란 버튼이 달린 오래된 플레이어가 있어요. 버튼에 전부 다 써 있어요. 다음번에 가져다드릴게요."

"그냥…… 네 맘대로 해."

우리는 잠시 침묵 속에 그렇게 있다. 그녀가 나를 바라본다. 그녀가 미소 짓지만, 나는 전부 다 안다. 그녀는 포기했다. 이야기하고, 설명하기를 포기했다. 그녀는 내가 말을 꺼내기만을 바랄 뿐이다.

"전에 말했는지 모르겠는데요, 산부인과에서 정말 괜찮은 산파를 만났어요. 그분이 출산까지 같이해줄 거예요."

"아! 잘됐구나."

"게다가 어제는 사장님이 전화해서 제 안부를 물었어요. 꽤 호의적이세요. 예상보다 제가 일찍 휴직했는데도, 그것에 대해서 저를 원망하는 눈치는 아니에요."

"그런데 그…… (그녀는 손으로 자기보다 훨씬 커다란 것을 가리키며 단어를 찾는다.) 인도 사람은……."

"뤼카요?"

"그래, 맞다."

"뭐…… 다음 주에 떠나요. 출발을 앞당겼대요. 인도 지점에서 일하는 사람이 예상보다 더 빠르게 전출했다네요. 그러니 뤼카는 아기를 보지도 못하고 떠날 거예요."

"아…… 그러면……. 지금은?"

"많이 바빠요. 일도 그렇고, 이주 준비도 해야 하고, 그런 것들 때문에요. 어쨌든 저를 많이 도와줘요. 장도 봐주는걸요. 제가 움직일 수가 없잖아요. 게다가 여러 번 산부인과에 저와 같이 갔었어요. 어쨌든 괜찮아요, 미쉬카 할머니. 저 혼자 잘해요. 그럴 거라는 거…… 알고 있던 사실이잖아요. 결정은 제가 내렸고요. 잘될 거예요."

또다시 침묵.

나는 원피스를 입은 내 배 위에 두 손을 가져다 댄다.

"움직이니?"

"네, 움직여요. 믿기지가 않아요."

"꽤 크네."

"할머니 말이 맞아요. 게다가 무게도 나가기 시작했어요. 밤마다 자세 잡기가 힘들어요. 몇 시간 동안 뒤척거리기만 해요. 그런데 미쉬카 할머니, 할머니는 잘 주무세요?"

"응…… 괜찮다."

이 침묵에 익숙해져야만 한다.

"그러면 아르망드는 어때요?"

"감기가…… 똑같이. 그 안에서…… 못…… 봐."

"그러면 자기 방에 있겠네요?"

"그렇지. 아직도…… 거기."

"하루가 참 길겠어요. 우리 미쉬카 할머니."

"많이 그렇게는 아니야. 어쨌든…… 상간없어."

"그러면 텔레비전은요?"

"아니야, 너도 알잖아……. 소라가 너무 심해."

"지난번에 영화를 한 편 봤어요. 뤼카가 컴퓨터에 넣어줬어요. 집에 혼자 있던 날이었어요. 소파에 누워 조용히 혼자 영화를 봤죠. 그런데 영화가 끝나자, 울음이 터져 나왔어요! 상상이 안 되시죠……. 눈물을 멈출 수가 없었어요."

"오…… 매…… 때문에…… 어쩌면."

"아니, 아니에요. 따져보면 그럴지도요, 어쨌든 그것만이 이유는 아니에요. 영화 얘기해드릴까요?"

드디어 그녀의 눈빛에 섬광이 스친다. 그녀는 내가 영화나

책, 친구들 사는 이야기 해주는 것을 좋아한다. 그녀는 예전처럼 특별한 주의를 기울이며 내 얘기를 듣는다.

"아빠가 키우는 열두 살에서 열세 살 정도 되는 남자아이가 주인공이에요. 벨기에가 배경인데, 경제 위기가 덮쳐서 꽤 가난한 동네에서 일어난 이야기예요. 이유는 알 수 없지만, 아이 엄마가 떠난 것 같아요. 아이 아빠는 자기 엄마 집에, 그러니까 아이 할머니네 집으로 돌아가서, 형제 두 명과 같이 살아요. 셋 다 실업자예요. 하루종일 술만 마시고 아무 일도 하지 않아요. 사실 슬픈 이야기는 아니에요. 오히려 아주 즐거운 장면들이 있거든요. 자전거 시합도 벌이고, 텔레비전도 같이 보긴 하는데, 아빠가 아이를 자꾸 때려요. 아들이 자기를 벗어나려고 한다고 느껴서 그럴 수도 있고요, 아들에게는 뭔가 다른 점이 있어서 그럴 수도 있고요. 어느 날 생활환경조사원이 그 집에 와요. 아빠는 미친놈이 되어서 아이 할머니를 마구 때려요. 할머니가 복지과에 고발했을 거라고 자기 마음대로 생각해서요. 할머니는 아무 대꾸도 하지 않아요. 그러고 나서 아이는 기숙학교로 보내져요. 아이는 읽고, 공부를 하기 시작해요. 새로운 삶을 시작한 거예요. 세월이 흘러, 그 아이는 작가가 돼요. 그 남자는 곧 아이를 낳게 될 여자와 함께 살아요. 끝부분에서 멋진 장면이 나오죠. 그 남자가 할머니가 계신 요양원을 찾아가요. 할머니에게 고맙다는 말을 하러 간 거였어요. 자기를 고발하지 않아서, 생활환경조사원에게 알렸던 것이 할머니가 아니라, 자신임을 아버지에게 말하지 않아서 고맙다고 말해요. 사실 그 아이가 신고했거든요. 제가 왜 울었는지 모르시겠죠. 만물의 기원과 각자의 기원에서 만들어낸 것에 대해 이야기하는 아주 멋진 영화예요. 미쉬카 할머니도 좋아하실 거예요, 분명해요."

갑자기 그녀는 깊은 생각에 잠긴 것 같다.

"아 그래……. 그렇구나."

"저도 그래요, 고맙다고 말씀드리고 싶어요, 미쉬카 할머니. 전부 다 고마워요. 할머니가 아니었다면, 제가 뭐가 되었을지 모르겠어요. 할머니가 아니었다면 아망디에 거리에서 계속 살 수 없었을 거예요. 할머니가 아니었다면, 어쩌면 저는 은신처를 찾지 못했을 거예요. 그리고 시간이 흘러서, 공부도 할 수 없었을 거예요. 그리고 제가 아팠을 때, 할머니는 그때도 제 옆에 계셨어요. 저는…… 다시 일어서지 못했을지도 몰라요. 할머니가 아니었다면."

미쉬카 할머니는 복받쳐오는 감정을 숨기려 한다. 그녀는 휴지가 있을 거라 기대하며 바지 주머니를 뒤진다.

"오…… 아니야."

"정말 맞아요."

"너는…… 너는…… 늘 과정을 해."

우리는 잠시 소리 없이 있다.

"이름이 뭐니?"

"영화 제목이요?"

"그래."

"La merditude des choses°"

"아…… La mercitude……."

그녀는 갑자기 잠시 동안 아주 심각하게 생각한다.

"그거 참…… 예쁜…… 단어네. 그런데 그런 단어가 정말 있니?"

○ 펠릭스 판 흐루닝언Felix Van Groeningen 감독의 2009년 영화로 국내에는 〈개 같은 인생〉으로 알려져 있다. 네덜란드어 제목을 그대로 프랑스어로 옮기면서 merditude 라는 신조어를 만들었다. 프랑스에서 가장 흔하게 쓰는 욕인 merde와 상 태나 질을 의미하기 위해 붙이는 명사형 어미 -tude를 합성한 단어이다. 이 단어를 미쉬카 할머니는 잘못 알아듣고, mercitude라고 되묻는다. 고마움을 의미하는 merci 에 명사형 어미-tude를 합성해서 만든 단어이다.

○

밤이 내렸다. 꽃무늬 커튼을 닫았다.

미쉬카는 천장의 노란 불빛을 받으며 서 있다. 방 한가운데 홀로 서서 그녀는 조용히 움직임을 이어간다. 처음에는 신중하게 그다음에는 무모하게.

그녀는 춤을 춘다.

두 팔을 들고 자리에서 한 바퀴 돈다. 절을 하듯 몸을 숙인 다음 자신만만하게 몸을 다시 세운다.

여러 번 되풀이하다가 그녀는 균형을 잃을 뻔하지만, 그때마다 중심을 잡는다.

꿈속에서처럼 어린 소녀의 목소리가 다시 들린다.

할머니 집에서 자고 가도 될까요? 불을 켜두면 안 될까요? 거기 계속 있을 거죠? 문을 열어두면 안 될까요? 내 옆에 있을 거죠? 저랑 같이 아침을 먹을까요? 할머니 무서우세요? 우리 학교가 어디 있는지 아세요? 불 끄지 말아요, 네? 엄마가 못 가면, 저를 데려다 주실래요?

미쉬카는 두 팔을 활짝 펼친 다음 다시 몸 쪽으로 접으며 두 손으로 어깨를 감싼다. 마치 누군가를 잡으려고 하는 듯, 아이를 안고 조용히 흔드는 듯 잠시 그녀는 자기 몸을 안는다.

○

진짜 원장이 노크를 한 후 방으로 들어온다. 미쉬카는 침대에 있다.

"안녕하세요, 셸드 부인, 어떠세요?"

"네, 괜찮아요."

"언어치료사 밀루 선생님은 이번 주 휴가예요, 기억하세요?"

"네, 분명히요."

"밀루 선생님이 아침에 전화해서 부인에게 메시지를 전해달라고 했어요. 아주 중요한 일이라고. 부인이 이제 전화를 받을 수 없어서 제게 그 메시지를 전달했어요."

원장은 주머니에서 종이 한 장을 꺼냈다. 그녀는 한 단어도 놓치지 않기 위해 그 종이에 메모를 해두었다.

"그 사람들을 찾았다고 해요. 라 페르테-수-주아르의 사람들요, 부인이 찾으시던 분들 말입니다. 그분들은 이제 거기에 살지 않지만, 같은 지방에 살고 있대요. 밀루 선생님이 그분들을 만나러 갈 거래요, 아직 살아 계시답니다. 밀루 선생님이 나중에 전부 다 말씀드릴 거래요."

미쉬카는 그 소식이 진짜일지 생각할 시간이 필요하다.

"저…… 정말요?"

"네, 당연하죠, 셸드 부인. 정말입니다."

"오…… 거마워요. 정말 거마워요."

미쉬카는 잠시 생각에 잠긴다.

"그 소식을 전해줘요……. 마리에게요. 그 아이에게……."

"소식을 전할까요?"

"네."

"제가 해드릴게요, 셸드 부인. 제가 그분에게 전화해서 밀루 선생님의 메시지를 전달할게요, 한 단어도 빼지 않고요. 그게 부인이 원하시는 거죠? 맞죠?"

"네, 그냥요."

"그리고 말씀드릴 게 또 있어요. 요양보호사와 이야기를 했고, 설명을 했어요. 주의하겠다고, 꼭 해야만 하는 상황이 아니라면, 부인이 직접 한 일들은 다시 하지 않겠다고 약속했어요. 요양보호사는 지금 휴가 중이고요, 다음 주에 복귀할 거예요. 그러면 제가 다시 부인을 찾아뵐게요. 잘 처리가 되었는지 확인하러요."

"뭐라고 말을 해야 할지 모르겠어요……."

"제게 고마워하실 필요는 없어요, 셸드 부인. 이게 제 일이니까요. 자, 그럼 저는 가보겠습니다. 좋은 하루 보내세요."

제
롬

그녀는 자리를 뜨지 않고 나를 기다린다.

그녀는 내 일과표를 안다. 내가 아침부터 요양원에 있다는 걸 그녀는 알지만, 우리 약속은 오후 3시다. 여느 화요일처럼. 그녀는 분명 몇 마디를 나누기 위해 내가 그전에 더 빨리 자신을 보러 올 수 있을지 생각하고 있을 터다. 나도 그 점을 생각해보지 않은 건 아니지만, 그렇게 하면 오히려 그녀를 쓸데없이 혼란스럽게 하지 않을까 두려웠다. 그녀에게 말하기 위해서는 시간이 필요하다.

오후 3시다. 마침내 나는 그녀의 방으로 들어간다.

그녀는 자리에서 일어나려고 노력한다. (요양원 직원을 통해 그녀가 며칠 전부터 종일 침대에서 지내고 있다는 사실을 알았다.)

그녀는 옷을 입는 중이고, 내가 여러 번 예쁘다고 했던 꽃무늬 머플러를 두른다. 그녀는 안락의자에 앉는다.

나를 보자 그녀의 얼굴은 화색을 띤다.

"아! 안녕하세요…… 제……."

"안녕하세요, 미쉬카 할머니, 할머니를 보니 정말 기분이 좋네요. 보고 싶었어요!"

그녀는 웃는다. 그녀는 머리에 말아둔 헤어롤을 손질한다.

"기분이 어떠세요?"

"좋아요, 좋습니다. 그런데…… 그…… 친구들은?"

"아! 할머니에게 드릴 말씀이 정말 많아요. 들을 준비되셨어요?"

"네. 많이."

그녀는 얼굴을 내 쪽으로 돌린다.

모든 것이 느려진 듯하다. 그녀의 심장 박동, 움직이는 속도, 눈 깜박임까지. 방은 오로지 침묵만이 남아 있다.

"처음부터 이야기를 해드릴게요. 휴가 가기 전에 마리에게 전화를 했어요. 제가 보기에 할머니가 많이 허약해 보여서, 걱정스러웠어요. 마리와 이야기를 좀 나눴어요. 할머니가 전시에 할머니를 구해주었던 사람들을 찾고 있다고, 그래서 새로 광고를 했는데 답이 없다는 얘기를 들었어요. 마리는 자신이 알고 있는 사항을 제게 이야기해줬어요. 아무 소식이 없어서 할머니가 슬퍼한다는 사실을 마리는 잘 알고 있었어요. 저는 특별한 휴가 계획이 없었어요. 그래서 제가 거기에 가봐야겠다고 결심했어요. 라 페르테-수-주아르요. 저는 계획 없이 움직이기를 좋아해요. 아주 작고, 멋진 민박집 하나를 발견했어요. 이삼일 동안 카페, 빵집, 공증인 사무소, 개인병원 같은 곳을 돌아다니면서 질문을 했어요. 마침내 니콜과 앙리 올팽거를 알았던 구두 수선공 노인을 찾아냈어요. 이름이 맞았고요, 그들 부부가 여러 해 동안 유대인 여자아이를 숨겨줬다는 소문이 돌았대요. 구두 수선공이 그 부부의 딸 이름을 알려주었어요. 마들렌인데, 결혼해서 아직도 라 페르테에 살고 있어요. 저는 마들렌을 만나러 갔어요. 아주 친절하게 저를 맞아주고, 그 이야기가 맞다고 확인해주었어요. 부모님이 그 여자아이 이야기를 자주 했다고 해요. 그분들도 할머니를 생각했던 거예요."

나는 그녀가 잘 따라오고 있는지 보기 위해 잠시 말을 멈추었다. 그녀는 내게서 시선을 거두지 않는다. 내가 말을 이어가기를 기다린다.

"그곳에 할머니를 데려간 분은 할머니 어머니예요. 어머니는 할머니를 안전지대로 이동시켜서, 론 지방에 부모님이 알고 지내던 친구 집에 할머니를 맡길 작정이었대요. 그런데 가는 길에 폭격을 맞아, 열차가 시골 한복판에서 멈췄대요. 라 페르테-수-주아르에서 아주 멀지는 않은 곳이요. 어머니가 할머니 손을 잡고 한참을 걸었대요. 그러다 어머님이 시내에서 1킬로미터 떨어진 첫 번째 집을 발견했대요. 할머니에게 움직이지 말고 나무 아래서 기다리라고 말했대요. 어머니는 그 집 문을 두드리러 갔어요. 니콜 올팽거가 문을 열어줬대요. 어머님은 한 번도 본 적 없는 이 여인에게 일곱 살짜리 자기 딸을 맡아달라고 간청했대요. '제 아이를 제발 맡아주세요. 제가 다시 올 테니, 오늘 꼭 아이를 맡아주세요. 부탁드려요.' 앙리가 문 쪽으로 다가왔고, 두 부부는 서로 바라보더니 알겠다고 답을 했대요. 어머님은 꼭 돌아오겠다는 말만 여러 번 남겼대요. 그런데 결코 돌아오지 못하셨지요."

나는 한 번 더 말을 멈춘다. 미쉬카 할머니를 관찰한다. 내 이야기에 몹시 집중해서 그녀의 얼굴에는 아무런 표정도 드러나지 않는다.

"그분들은 해야 할 일을 아주 잘 알고 있었어요. 자신들이 얼마나 위험한 상황인지도요. 노란 별이 박음질된 할머니의 외투를 불태우고, 할머니를 숨겼대요. 그 기간 내내. 이웃이나 친구들에게는 할머니를 조카라고 말했대요. 1943년 10월, 라 페르테-수-주아르에도 유대인 일제 단속이 실시됐고, 열다섯 명 정도가 수용소로 끌려갔대요. 니콜과 앙리는 고발당할까 두려웠대요. 할머니에게 방수포를 씌워서 곳간에 밤새 숨겼대요. 어쨌든 아무도 오지 않았대요. 시간이 흘러, 전쟁이 끝났고, 어느 날 아침 한 여성이 집의 초인종을 눌렀대요. 할머니 어머님의 사촌이었대요. 어머님이 사촌에게 편지를 썼대요. 할머니를 어디에 맡겼는지 설명하기 위해서 기억을 더듬어 그린 약도도 동봉했대요. 일이 잘못될 경우를 대비해서 말이죠. 할머니 부모님은 라 페르테에서 돌아온 지 며칠 만에 수용소로 끌려갔대요. 이게 전쟁 후에 태어난 니콜과 앙리 올팽거 부부의 딸, 마들렌에게 그분들이 했던 이야기예요. 그분들이 할머니를 맡았을 때, 둘은 막 결혼을 했었대요. 앙리는 몇 해 전에 돌아가셨지만, 니콜은 아직 살아 계세요. 그 지역 요양원에 계시대요. 아흔아홉 살이시래요."

미쉬카는 내 앞에 있다. 눈물이 소리 없이 그녀의 볼을 타고 흘러내린다.

나는 그녀의 손을 잡는다. 심장이 멎은 걸까 하는 두려움이 일 정도로 그녀의 손은 차디차다.

"괜찮으세요? 더 얘기 할까요?"

그녀는 그렇다는 신호를 보낸다.

"니콜 올팽거를 보러 갔어요. 앞을 못 보고 귀도 어두우세요. 그런데 정신만은 멀쩡하시더라고요. 제가 할머니 이야기를 해줬어요. 할머니가 당신들을 찾고 있다고 말씀드렸어요. 그런데 할머니는 성을 모른다고. 그분은 제 말을 이해했어요. 그분들께 감사의 표현을 하는 일이 얼마나 지금 할머니에게 중요한지를 이야기했어요. 그분은 무척 감동받으셨어요, 정말로요. 살아 계셔서 할머니가 정말 기뻐하실 거라고 그분께 말씀드렸어요. 너무 늦지 않았다는 사실을 알게 되어서요. 그 시절 삼 년 동안 대체 어떻게 버티셨냐고 그분께 여쭈었더니, 이렇게 말씀하셨어요. 제가 그 말을 그대로 전해드릴게요. '최악의 상황에만 아니라고 말해요. 더군다나 달리 선택할 수도 없었어요.' 또 이런 말씀도 하셨어요. '이런 일로 우쭐해서는 안 되지요.' 라고요."

이제 미쉬카는 두 손에 얼굴을 파묻고 있다.

"미쉬카 할머니, 저도 그분 방에서 나오면서 눈물을 흘렸어요."

그녀는 몇 분 동안 그렇게 있다.

"한번에 많은 감정들이 밀려오지요, 그렇죠?"

그녀는 대답이 없다. 어쨌든 숨소리는 들린다. 그리고 그녀는 아주 의연하게 눈물을 참는다.

"봄이 오면, 할머니를 그리로 모시고 갈게요. 사람 일 모르잖아요."

그녀는 얼굴에서 손을 내리더니 나를 바라본다.

"그래요⋯⋯ 그런데⋯⋯ 저는 너무⋯⋯ 힘이 빠져서. 어쩌면."

"원하시면, 제가 내일 편지지를 가지고 올게요. 편지 쓰는 일을 도와드릴게요. 아셨죠?"

그녀의 턱은 여전히 떨리지만, 눈물은 이제 흐르지 않는다.

"그냥요."

○

그다음 날, 나는 책상에 앉아 있는 그녀를 발견한다.

준비는 끝났다.

나는 그녀 옆에 앉는다.

그녀 앞에 편지지를 내밀고, 연필 한 자루를 건넨다. 그녀가 볼펜이나 수성 펜을 싫어한다는 것을 안다. 그녀는 지우고 싶어 한다, 다시 시작할 수 있길 바란다.

몇 분 동안 그녀는 연필을 쥔 손을 올린 채 그렇게 있다. 단어들을 기다린다.

그녀가 가진 단어들이 얼마나 조금밖에 남지 않았는지 안다. 단어들은 멀리 사라졌고, 파묻혔고, 뒤섞였다.

"제가 도와드릴까요, 미쉬카 할머니?"

아니라고 신호를 보낸다.

나는 그녀에게서 멀어진다.

나는 침대 가장자리에 앉아, 창문을 바라본다.

우리는 모두 시간이 있다.

나는 편지를 쓰는 그녀를 바라본다. 아주 천천히. 십여 개의 단어들. 그녀의 손은 떨고 있지만, 그녀는 열중한다. 그 순간 그녀는 모든 것, 자신에게 남아 있는 모든 것을 소진하고 있다.

그녀는 마지막 남은 것들을 불사른다.

나는 연필로 종이 위에 쓰는 소리를 듣는다. 그녀는 연필을 꽉 쥐고 있다.

그녀의 침대에 누워 잠시 숨을 돌리고 싶은 생각이 든다. 이 방에서, 이 할머니 옆에서라면 나는 이상하게 안전한 느낌이다.

그녀가 편지를 다 썼다.

종이를 접는다.

나는 편지를 보지 않고, 봉투에 집어넣고, 그녀가 보는 자리에서 밀봉한다. 그녀는 분명 이런 존중을 받을 가치가 있다. 나는 봉투에 니콜 올팽거의 요양원 주소와 방 번호를 적는다.

"나가는 길에 편지를 부칠게요."

고개를 끄덕이며 그녀는 동의한다.

"목요일에 뵐까요?"

힘에 겨워하며 그녀는 한 번 더 고개를 끄덕인다.

그런데 나가기 바로 전에 손짓으로 나를 붙잡는다.

"그런데 선생님은요? ……선생님 아…… 아머지?"

"아……."

"뭘 했어요?"

"모르겠어요, 미쉬카 할머니."

"뭐가 그리 오래 걸려요?"

"제 아버지는 저를 다시 볼 생각이 정말 없으세요. 사실 제가 아버지에게는 참을 수 없는 존재였던 것 같아요. 아버지는 저를 모르세요. 잘못되고, 일그러진 이미지로 늘 고정시켜 알고 계세요."

"대체 왜요?"

"저도 모르겠어요. 어쩌면 단순하게 제가 아버지가 꿈꿔온 아들이 아니어서 그럴 거예요. 제 안의 무언가가 마치 아버지를 모욕하기라도 하는 것처럼요. 아버지는 저를 적으로 생각해요. 증거나 흠만 찾으려고 하죠. 그리고 자기 마음대로 반응해요. 그런데 아시잖아요, 말들은 상처를 입혀요. 욕설, 모욕, 빈정거림, 비난, 질책은 흔적으로 남아요. 지워지지 않아요. 뭐든 판단하려 들고, 약점만 찾던 시선. 협박. 이런 것들은 상처를 남긴다고요, 정말로요. 그러고 나면 저 자신에게 신뢰를 가지기가 어려워요. 자기 자신을 사랑하기가 힘들어요. 아버지도 고통스러웠을 거예요. 아주 많이. 저는 알아요. 그리고 시간이 흘렀어요, 맞아요, 할머니 말씀이 옳아요. 그런데 그런 것들이 누그러지는 순간이 오긴 올까요? 모르겠어요. 저는 확신하지 못하겠어요. 믿고 싶기는 해요. 오래전에 용서했으니까요. 그런데 다른 일이 가능할지는 모르겠어요. 더 다정하게 뭔가를 한다는 것이요."

그녀는 내게서 시선을 거두지 않는다.

대답 대신, 그녀는 내게 편지지와 연필을 돌려준다.

"전부 다, 그걸 넣어야 해요."

"어디에 그걸 넣어요, 미쉬카 할머니?"

"종이 위에."

"알았어요, 약속할게요. 전부 다 편지지 위에 적을게요."

○

우리는 마주 보고 있다.

"미쉬카 할머니, 오늘 아주 좋아 보이시는데요. 몸을 풀기 위해서 쉬운 거 한번 해볼까요? 가정과 뒷글자가 같은 단어를 열 개 정도 대보세요."

그녀는 질문이 떨어지기 무섭게 바로 답을 한다.

"감정, 검정, 결정, 인정, 걱정, 행정, 고정, 흥정, 평정, 친정."

"잘하셨어요! 전문가라고 해도 되겠어요. 그러면 이번에는 이 단어와 뒷글자가 같은……."

"죽음."

"아…… 좋아요, 원하신다면."

"아니, 선생님이 해보세요."

"그렇다면…… 걸음, 놀음, 모음."

"그게 다예요?"

그녀는 나를 놀리는 것을 좋아한다.

"도와드리죠. 울음, 화음, 볶음, 녹음, 묵음, 소음…… 미음."

"멋져요, 미쉬카 할머니, 정말 최강자답네요!"

나는 침묵이 우리를 둘러싸게 둔다. 침묵은 함께 나눌 줄 알아야만 하는 공간이다.

그렇지만 곧 말을 이어가지 않을 수 없다.

"이런 사람들 때문에 저는 화가 나요, 미쉬카 할머니. 더 정확하게 말씀드릴게요. 예고도 없이 가버리는 사람들 말이에요."

"무슨 말을 하는지 모르겠군요."

"미리 알아야만 한다고요. 사람들이 죽을 때에요. 그게 그들의 선택이든 아니든요, 상관없어요. 어쨌든 그건 그 사람들 문제고요. 편지든, 경고장이든, 문자메시지든, 음성메시지든, 이메일이든 뭐든 받아야만 한다고요. 제가 아는 한, 뭔가 아주 분명하고, 절대 모호하지 않은 그런 걸로요. 주의하세요, 아무개 씨, 아무개 부인, 당신의 사촌, 당신의 친구, 당신의 배우자, 당신의 이웃, 당신의 어머니가 아주 가까운 시간 안에, 아니 당장 사라질 위험에 처해 있습니다. 이렇게요, 젠장."

나는 쓸데없이 흥분한다. 미쉬카 할머니가 놀란 눈치다. 그래서 설명해보려고 한다.

"맞아요, 결국엔 고통스럽다고요. 매번 우리는 무언가를 말할 수 있는 시간이 있을 거라 생각해요. 그런데 갑자기 너무 늦어버리죠. 보여주기만 하면, 과장스러운 몸짓만으로도 충분할 거라 생각해요. 그런데 사실은 아니에요, 말을 해야만 해요. 할머니가 그토록 좋아하시던 단어로. 말을 해야 해요. 중요한 것은, 말이라고요. 제가 그 사실을 알려드릴 필요는 없겠죠. 제가 잘못 알고 있는 게 아니라면, 할머니는 큰 잡지사의 교정교열자였으니까요."

"무슨 소리를 하는 거예요?"

"저는 뭐라고 해야 할지 모르겠어요, 모르겠다고요! 앞으로 가실 길에 두세 마디 정도 보태고 싶은데…… '잘했어요', '만나 뵈어 무척 기뻤어요.', '정말 영광이었어요.', '정말 즐거웠어요.', '좋은 여행하세요.', '미지의 세계에서 계속 힘내세요.', '전부 다 고마워요.', 저도 모르겠어요! 아니면 그냥…… 제 팔로 안아드려야 할지."

"그렇게 해요."

나는 그녀 옆에 다가간다. 그녀의 가냘픈 육체가 처음에는 조심스럽게 내 몸에 기댄다. 그다음에는 그녀가 나를 꼭 포옹한다.

자크 브렐의 목소리가 갑자기 좁은 방 안에 울린다.

우리는 춤을 추듯 발걸음을 움직이기 시작한다.

백 박자 왈츠
백 년 동안의 왈츠

잘 어울리는 왈츠

파리의 네거리마다

사랑은 봄에 생기를 더하네°

그녀가 몸을 뗀다.

"지금 꿈을 꾸고 있어요, 제롬, 그렇게 생각 안 해요? 솔직히 내가 꿈을 꾸는 건지, 선생님이 꿈을 꾸는 건지 모르겠네요! 어쨌든 이건 꿈이에요, 분명해요."

○   프랑스의 유명 대중 가수 자크 브렐Jacques Brel이 1958년 발표한 '천 박자 왈츠La valse à mille temps'의 일부이다. 전통적인 세 박자 왈츠의 느린 템포로 시작된 곡은 아코디언과 자크 브렐의 음색이 어우러지며 마치 회오리바람을 일으키듯 속도가 빨라진다.

제

롬

(2)

보자마자 나는 그녀가 마음에 들었다.

그녀를 알아봤다, 그렇다, 바로 그 단어다.

나는 생각했다. 전부 다 끌어안으리라고.

미소, 슬픔, 거무스레한 눈가.

외투 없이 공원에 나온 어린 소녀. 외투 밖으로 배가 커다랗게 튀어나온 한 젊은 여인.

아기, 욕조의 물, 김이 서린 거울,

마
리

이런 상황에서 하는 말은 죄다 의례적이고, 부자연스런 말들이다.

다른 이들을 위로하기 위해. 다른 이들의 고통을 덜어주기 위해. 그리고 동시에 우리의 고통도 덜기 위해.

'당신은 최선을 다했어요.', '당신은 그녀에게 정말 중요한 사람이었어요.', '다행히도 당신이 거기 계셨군요.', '당신을 많이 사랑했어요.', '당신 얘기를 자주 했어요.'

아무도 우리에게 반박하지 않으리라.

오늘 아침, 기상 시간에 미쉬카 할머니는 눈을 뜨지 못했다. 그녀는 잠이 든 채 죽었다.

그녀가 바랄 수 있는 가장 아름다운 죽음이다.

나는 그 사실을 안다.

전부 다 잃어버리기 전에.

나는 언어치료사 제롬과 복도에서 만난다.

그는 마음이 몹시 상해 보인다.

"안녕하세요, 제가 제롬이에요."

"안녕하세요, 저는 마리예요."

"다른 자리에서 만났다면 더 좋았을 텐데요. 할머니를 뵀었나요?"

"네, 네. 오전 내내 할머니 옆에서 보냈어요. 병원에서 할머니를 모셔가기 전까지요. 할머니는 차분해 보였어요. 얼굴이 평온해 보였어요. 다시 깨어나지 않겠다고 기분 좋게 마음먹은 사람처럼, 그렇게 잠든 것 같았어요."

잠시 그의 시선이 나를 피해, 먼 곳으로 빠져나가 어두운 생각에 잠긴다. 그러고 나서 다시 나를 본다.

"뭔가를 찾은 건 아니죠? 무슨 말이냐면…… 의사 선생님이 다른 말은 없었나요?"

"아니요, 아무 말도요. 할머니는 주무시다 돌아가셨어요. 고통 없이요. 우리 모두가 꿈꾸는 거 아닌가요, 그렇죠?"

"그럼요, 물론이죠."

그는 나를 쳐다본다. 잠시 머뭇거린다.

"그건 그렇고, 마리, 당신은 어때요? 너무…… 어수선하지 않아요?"

나는 웃는다.

"네, 많이 그렇게는 아니에요."

이번엔 그가 웃는다.

"정말 거맙다는 말을 하고 싶어요, 제롬. 제롬이라고 불러도 된다면요. 할머니를 위해 해주신 것들요. 거기까지 다녀오시고. 저도 가끔 그럴까 생각을 했지만, 그렇게 하진 못했어요. 할머니가 감정이 격해질까봐 겁이 났어요. 할머니가 버틸 힘이 없을까봐요. 어쨌든 당신이 옳았어요."

"할머니는 제게 많은 것을 전해주셨어요. 엄청 많이요. 어떤 이유로 어떤 환자들에겐 다른 환자분들보다 더 애정을 갖게 되네요, 그걸 몰랐어요. 어쨌든 저도 할머니께 거맙다고 말을 해야만 했어요."

"제 생각엔 이미 당신 방식대로 했을 것 같은데요. 장례식에 참석하실 거죠?"

"네, 그냥요."

"작은 샌드위치를 준비할 거예요."

"밀린 소시지 샌드위치길 바라요!"

"신경 쓸게요. 그리고 인어 샌드위치요."

"방 정리하는 데 도움이 필요하다면, 망설이지 말고 전화 주세요. 저는 그 방 주변에 자주 있어요."

"고마워요."

"그러면 곧 보겠죠?"

"네, 곧 만나요."

나는 복도에서 멀어지는 그를 본다. 그는 다른 방으로 들어간다.

문틈으로 그의 밝은 목소리가 들린다.

"르페뷔르 부인, 오늘은 어떠신가요?"

옮 긴 이 의 　 말

　　　　　　　『고마운 마음』은 델핀 드 비강이 세 권으로
기획한 인간관계에 대한 짧은 소설 시리즈의 두 번째 책이다.
전작인 『충실한 마음』이 상처 입은 열두 살 아이를 중심으로
몇몇 인물을 통해 '충실함'의 다양한 모습을 조명했다면, 『고마
운 마음』은 실어증으로 고통받는 팔십 대 노인의 마지막을 되
돌아보며 '고마움'의 의미를 되새기고 있다. 여기서 '고마움'은
우리가 예의상 관례적으로 주고받는 인사의 말과는 다른 감정
이다. '충실한 마음'이 그러했듯, '고마운 마음'도 원제는 '고마
움'이라는 추상명사의 복수형태라는 점에서 그 마음의 다양한
양상을 보여준다.

델핀 드 비강의 『고마운 마음』은 마치 연극을 위해 쓰인 대본처럼 느껴진다. 대부분 독백과 대사로 이루어졌으며, 작품의 이야기는 요양병원 병실을 떠나지 않는다. 등장인물은 미쉬카 할머니와 그녀의 오래 전 이웃이자 친구인 마리, 그리고 요양병원에서 일하는 언어치료사 제롬이다. 실제로 책을 읽고 있으면 무대 위에 있는 배우들의 모습이 자연스럽게 그려진다.

『충실한 마음』에서 어른들이 만들어 놓은 틀에서 살아가던 테오와 마티스가 타인의 시선으로만 기술되었던 것처럼, 『고마운 마음』에서 미쉬카 할머니도 독자적으로 자신의 관점을 이야기하지 못한다. 소설의 구성도 마리와 제롬이 번갈아가며 1인칭 시점으로 독백을 하거나, 미쉬카 할머니에게 말을 걸며 이끄는 대화로 이루어졌으며, 할머니가 언어를 잃어버리기 전처럼 말을 하는 꿈조차 전지적 작가 시점으로 기술되어 마리와 제롬의 이야기 속에 슬그머니 끼워 넣어져 있다. 미쉬카 할머니가 혼자 생활할 수 없어서 요양병원에 입원하게 된 것처럼, 미쉬카 할머니의 이야기도 마리와 제롬에 의존해서만 전개된다. 『충실한 마음』에서 두 명의 성인이 아이들을 보호하고 지키기 위해 부단히 애를 썼던 것처럼, 『고마운 마음』에서도 두 화자는 한 인간으로서 할머니의 자존감을 지키기 위해 노력한다. 미쉬카 할머니는 그 존재만으로도 마리에게 위안이 되어주며, 아버지에게 입은 상처를 애써 외면해온 제롬에게도 그 상처를 마주할 수 있게 이끌어준다.

언어는 『고마운 마음』에서 중요한 위치를 차지한다. 미쉬카 할머니는 평생 언어 다루는 일을 했지만, 운명의 장난처럼 말년에는 단어가 조금씩 사라지는 실어증을 앓고 있다. 또 다른 주인공인 제롬은 언어치료사로, '말과 침묵'을 다루는 직업을 가지고 있다. 점점 더 나빠지기만 하는 할머니의 증세를 확인하며, "언어가 없다면, 과연 무엇이 남을까?"라고 말하는 제롬의 독백을 떠올리면 이러한 사실은 더 명백해진다. 이런 맥락에서 할머니의 말실수에 대한 작가의 글쓰기 방식을 살펴볼 필요가 있다.

델핀 드 비강은 『고마운 마음』 출간 이후 가진 어느 인터뷰에서 미쉬카 할머니의 말실수를 표현하는 것이 소설에서 얼마나 중요한 의미를 갖는지 강조했다. "그건 분명 문학에서 할 수 있는 놀이, 그러니까 언어를 가지고 노는 말놀이였어요. 미쉬카 할머니의 정신 상태나 그녀가 살아온 역사 혹은 근심거리 등, 그녀에 대한 무엇인가를 암시하도록 매번 깊은 의미를 새겨 넣었지요. 그녀의 말실수를 생각하는 작업은 아주 흥미로운 일이었어요. 어떤 실수도 우연에 맡기지 않았어요. 정말 세심하게 신경 썼어요."

미쉬카 할머니의 말실수는 작가의 말처럼 소설을 이끌어가는 의미를 내포할 뿐 아니라, 상징적이기도 하다. 그러한 효과는 유사한 발음의 단어로 대체할 때 더 빛을 발한다. 가령 요양병원 입원환자를 의미하는 résidant은 할머니에게는 삶에 당당하게 맞서는 '레지스탕스*résistance*'(할머니는 요양병원을 나치 수용소로 혼동하기도 한다)가 되기도 했다가, '삶을 체념한 사람*résignant*'(요양병원에서 죽음을 맞이한 사람들을 지칭할 때 사용한다)이 되기도 한다. 독자들은 기다리는 일 말고는 아무것도 할 수 없는 할머니의 단조롭고 무거운 삶을 따라가며, 작가가 여기저기 배치한 할머니의 말실수에 미소 지으며 잠시 긴장을 풀 수도 있다. 그러나 번역가로서는 작가의 세심한 글쓰기가 마치 쉽게 손을 놓을 수 없는 숙제처럼 여겨졌다.

처음 이 소설을 접했을 때, 할머니의 말실수를 옮길 생각을 하니 시꺼먼 장막에 갇힌 느낌이었다. 하고 싶은 말이 떠오르지 않는 미쉬카 할머니의 심정을 조금 알 것 같았다. 처음 읽을 때는 문장의 오류를 전부 알아볼 수 없었다. 하지만 작업을 진행하고, 되풀이해 읽어가면서 할머니의 말실수가 점점 더 눈에 들어왔다. 그리고 마리와 제롬이 첫 만남에서 할머니가 자주 실수했던 표현을 흉내 낸 것처럼, 어느새 그 말투에 익숙해져 있었다. 익숙해졌다고 해서, 번역이 수월해졌다는 이야기는 아니다. 그러나 소설은 분명 더 흥미로워졌다.

우선 말실수를 전부 찾아낸 후, 그것을 정확한 단어로 고친 후 비교했다. 그렇게 하고 보니, 몇 가지 규칙이 눈에 들어왔다. 동음이의어를 사용하기도 하고, 유사한 발음이지만 명백하게 다른 의미의 단어로 대체된 경우도 많았으며, 단순하게 자음을 실수하기도 했다. 이러한 규칙을 먼저 정하고, 놀이하듯 사전을 뒤적이며, 작가의 의도를 최대한 유지한 채 실수를 만들어 내며, 작가의 말놀이를 따라 해봤다. 정확하게 무엇을 잃어버렸는지도 모르면서 헛되게 구석구석 찾고 있는 할머니가 잃어버린 말들을 수수께끼 풀듯, 말놀이하듯 한국어로 옮겼다. 물론 프랑스어처럼 언어의 구조가 다른 외국어를 한국어로 번역할 때마다 일종의 한계에 부딪힐 수밖에 없는 것처럼, 작가가 이중적인 의미를 함축시킨 표현을 전부 한국어로 옮길 수는 없었다. 특히 펠릭스 판 흐루닝언 감독의 영화 제목을 잘못 발음한 미쉬카 할머니의 오류는 이 소설에서 상징적인 의미를 함축하고 있음에도, 끝내 한국어로 표현해내지 못해 주석으로 처리한 점은 번역자로서 못내 아쉬움이 남는다. 이 점 독자들에게 양해를 구하고 싶다.

앞서 언급한 것처럼 『고마운 마음』은 『충실한 마음』을 잇는 델핀 드 비강의 인간관계에 대한 짧은 소설 삼부작 중 두 번째 책이다. 세 번째 책은 현재까지는 '야심*ambitions*'이라는 주제만 공개가 된 상태이다. 시리즈이긴 하지만, 순서를 바꾸어 읽거나 그중 한 권만 읽어도 전혀 문제는 없다. 그러나 '관계'라는 커다란 주제 안에서 각각의 소설들이 내밀하게 연결되어 있으리라는 것은 추측할 수 있다. 예를 들어 무기력하게 집 안에만 처박혀 있던 테오의 아빠는 마리의 엄마와 흡사하고, 이유야 다르지만 불임의 두려움에 시달렸던 엘렌과 마리의 모습도 겹쳐진다. 이런 부수적인 사실 외에도 두 소설이 자연스럽게 연결되었다고 느껴지는 중요한 지점이 있다. 작가는 두 편의 소설에서 각기 다른 방식과 관점으로 우리 삶에서의 어린 시절을 강조한다. 『충실한 마음』은 부모의 이혼 탓에 갈피를 잡기 힘들어하는 아이의 일상을 그리며, 아이들이 얼마나 상처받기 쉬운 연약한 존재인지 직접적으로 보여주었다. 한편 『고마운 마음』에서는 어린 시절의 상처가 삶에 얼마나 큰 영향을 미치는지를 보여준다. 제롬은 어린 시절 아버지에게 받았던 상처가 자신의 내면에 얼마나 깊은 고통으로 남아 있는지 언급할 뿐 아니라, 노년의 내담자들을 접하며 느낀 감상은 그러한 사실을 더욱 공고히 한다.

그런데 계속 나를 놀라게 하는 것, 심지어 경악하게 하는 것, 때로는 숨이 멎을 정도로 놀라게 하는 것 — 십 년도 넘게 이 일을 한 지금도 여전히 — 은 바로 어린 시절 고통이 지속된다는 점이다. 세월이 흘렀음에도 생생하게 타오르는 흔적. 그것은 지워지지 않는다. (본문 126페이지)

요양병원과 수용소를 혼동하는 미쉬카 할머니의 모습은 그러한 사실을 한 번 더 확인시켜 준다. 갑작스럽게 엄마가 사라진 사실을 받아들여야 했던 어린 시절의 정신적 충격은 노년까지 이어진다. 델핀 드 비강의 인간관계 삼부작 속 인물들은 모두가 어린 시절의 상처를 품은 채 살아가는 연약한 존재들이다. 그런 연약한 인물들에게 보내는 작가의 세심하고 따뜻한 시선이야말로 '잘못 끼운 첫 단추'를 어떻게든 바로잡아보려 하는 우리에게 절실히 필요한 것이 아닐까?

『충실한 마음』부터 『고마운 마음』까지 소설 속 인물들은 서로 의지하고, 서로를 구원하며 '살아남는다'. 한 인터뷰에서 작가는 말이 우리를 구원해줄 수 있음을 아주 어려서부터 자각했다고 밝혔다. 아마도 작가의 이러한 사고가 소설 속에서 부스러지기 쉬운 인간들 사이의 관계를 이어주는 끈으로 말을 제시하게 했으리라. 특히 『고마운 마음』은 그러한 말의 중요성을 '고마움'이라는 주제 속에 녹여낸 작품이다. 아마도 이러한 감정은 마음에 품고 있기보다는 직접 표현하는 것이 무엇보다 중요하다고 작가는 생각했을 것이다.

나 역시 『고마운 마음』 옮긴이의 말을 마무리하기 전에 이 책이 온전한 모습으로 출간되기까지 받았던 고마움을 말로 표현해야겠다. 미쉬카 할머니의 말실수를 하나도 빠져나가지 않게 도와준 이자벨 드 아모랭 *Isabel De Amorim*, 그리고 원문과 서툰 번역 원고를 꼼꼼하게 대조해서 아찔한 오역을 막아준 선생님께 고마운 마음을 전한다. 매번 출간 전에 미리 읽고 검토해주고 응원해주는 친구들에게도 고마운 마음을 전하고 싶다.

옮긴이 **윤석헌**

한국외국어대학교 불어과를 졸업하고 동대학원에서 불문학 석사 학위를 받았으며, 파리8대학에서 조르주 페렉 연구로 박사과정을 수료했다. 옮긴 책으로는 호르헤 셈프룬의 『잘 가거라, 찬란한 빛이여…』, 크리스텔 다보스의 『거울로 드나드는 여자』, 아니 에르노의 『사건』, 델핀 드 비강의 『충실한 마음』과 『고마운 마음』, 조르주 페렉의 『나는 태어났다』 등이 있다.

고마운 마음

초판 1쇄 발행 2020년 2월 19일
개정판 2쇄 발행 2023년 6월 27일

지은이 델핀 드 비강
옮긴이 윤석헌
편집 김수현
제작처 민언프린텍
펴낸곳 레모
출판등록 2017년 7월 19일 제 2017-000151 호
주소 서울시 서초구 서초대로 33길 99, 201호
전자우편 editions.lesmots@gmail.com
인스타그램 @ed_lesmots

ISBN 979-11-91861-08-2 03860